AMOR E OBSTÁCULOS

ALEKSANDAR HEMON

AMOR E OBSTÁCULOS

Tradução de Geni Hirata

Título original
LOVE AND OBSTACLES

Este livro é uma obra de ficção. Nomes, personagens, lugares e incidentes são produtos da imaginação do autor ou foram usados de forma fictícia. Qualquer semelhança com pessoas reais, vivas ou não, estabelecimentos comerciais, acontecimentos ou localidades é mera coincidência.

Copyright © 2009 by Aleksandar Hemon
Todos os direitos reservados.

Os contos a seguir foram publicados de forma diferente em *The New Yorker*: "Stairway to Heaven", "Everything", "The Conductor", "Szmura's Room", "The Bees, Part I" e "The Noble Truths of Suffering".

Versos de "The Drunken Boat" e "Youth IV", de Arthur Rimbaud, extraídos de *Collected Poems* (Penguin Classics, 1987), tradução em língua inglesa de Oliver Bernard.

Versos de "Report from the Besieged City", de Zbigniew Herbert, extraídos de *Report from the Besieged City and Other Poems* (Ecco Press, 1985), tradução em língua inglesa de John Carpenter e Bogdana Carpenter.

Nenhuma parte desta obra pode ser reproduzida ou transmitida por qualquer forma ou meio eletrônico ou mecânico, inclusive fotocópia, gravação ou sistema de armazenagem e recuperação de informação, sem a permissão escrita do editor.

Direitos para a língua portuguesa reservados
com exclusividade para o Brasil à
EDITORA ROCCO LTDA.
Av. Presidente Wilson, 231 – 8º andar
20030-021 – Rio de Janeiro – RJ
Tel.: (21) 3525-2000 – Fax: (21) 3525-2001
rocco@rocco.com.br
www.rocco.com.br

Printed in Brazil/Impresso no Brasil

preparação de originais: Maira Parula

CIP-Brasil. Catalogação na fonte.
Sindicato Nacional dos Editores de Livros, RJ.

H43a	Hemon, Aleksandar, 1964-
       Amor e obstáculos / Aleksandar Hemon; tradução de Geni Hirata. – Rio de Janeiro: Rocco, 2011.
       14x21 cm

       Tradução de: Love and obstacles
       ISBN 978-85-325-2319-8

       1. Conto norte-americano. I. Hirata, Geni. II. Título. |
| 11-2135 | CDD-813
            CDU-821.111(73)-3 |

A meus pais

SUMÁRIO

"STAIRWAY TO HEAVEN" *9*

TUDO *44*

O MAESTRO *66*

GOOD LIVING *91*

O QUARTO DE SZMURA *98*

AS ABELHAS, PARTE I *121*

SOLDADO AMERICANO *149*

AS NOBRES VERDADES DO SOFRIMENTO *176*

"Stairway to Heaven"

Era uma noite africana perfeita, saída diretamente de Conrad: o ar estava pastoso e estagnado de umidade; a noite cheirava a carne queimada e fecundidade; a escuridão lá fora era vasta e impenetrável. Eu me sentia doente, malárico, embora provavelmente não passasse de cansaço da viagem. Eu visualizava milhões de centopeias amontoando-se no teto acima da minha cama, sem falar na frota de morcegos batendo as asas sofregamente nas árvores embaixo de minha janela. O mais perturbador era o incessante rufar de tambores: as batidas surdas e reverberantes pairando à minha volta. Se significavam guerra, paz ou prece, eu não saberia dizer.

Eu tinha dezesseis anos, a idade em que o medo excita a inspiração, e foi assim que acendi a luz, tirei um caderno novinho da minha pasta – os tambores ainda convocando as incomensuráveis forças das trevas – e escrevi na primeira página do meu diário

Kinshasa 7.7.1983

no exato instante em que ouvi a porta do quarto dos meus pais se abrir violentamente, Tata xingando e afastando-se, batendo os pés. Pulei da cama – Sestra, assustada, começou a choramingar – e corri atrás de Tata, que já havia acendido as luzes na sala. Esbarrei na Mama, os braços apertados contra o peito aflito.

Todas as luzes estavam acesas agora; um bando de mariposas adejava desesperadamente dentro das cúpulas de luminárias; havia choros e gritos; os pratos de uma bateria ecoando por toda parte à nossa volta. Era apavorante.

– Spinelli – Tata bradou acima do barulho. – Que saco.

Tata dormia de pijama de flanela muito mais apropriado para uma estação de esqui nos Alpes do que para a África – o ar-condicionado supostamente fazia mal aos seus rins. Porém, antes de deixar o apartamento, ele também colocou um capacete colonial para que sua careca não recebesse um golpe de ar. Quando ele desapareceu furiosamente na escuridão retumbante do vão da escada, Sestra, agora chorando, apoiou o rosto no peito de Mama; fiquei parado, de cuecas, os pés gelados no chão frio, a caneta ainda na mão. A possibilidade de Tata não retornar estremeceu no breu; não passou pela minha cabeça ir atrás dele; Mama não tentou impedi-lo. A luz da escada se acendeu e ouvimos uma campainha musical. A bateria ainda retumbava; outro *dim-dom* melancólico encaixou-se no ritmo das batidas. Tata abandonou a campainha e começou a bater na porta, gritando em seu inglês claudicante:

– Spinelli, você estar louco. Parar barulho. Nós dormir. São quatro da manhã.

Nosso apartamento ficava no sexto andar; devia haver dezenas de pessoas morando no prédio, mas ele parecia ter sido abandonado às pressas. No momento em que a luz da escada se apagou outra vez, a bateria parou, o show estava terminado. A porta se abriu e uma voz americana nasalada disse:

– Desculpe, cara. Sinto muito mesmo.

Quando finalmente voltei para a cama, já amanhecia. Nas árvores da rua, um bando de pássaros substituiu os morcegos-vampiros e agora pipilava em um paroxismo de vida sem sentido.

Dormir e sonhar me eram impossíveis agora, eu nem conseguia escrever. Fumando na sacada, esperei que tudo fizesse sentido até não poder mais. Lá embaixo, um homem parcamente vestido agachava-se junto a uma caixa de papelão com cigarros enfileirados sobre ela. Não havia mais ninguém na rua. Parecia que ele vigiava os cigarros de um perigo invisível.

No começo dos anos 1980, Tata ausentou-se para trabalhar no Zaire como diplomata iugoslavo de segundo escalão, encarregado das comunicações (o que quer que isso significasse). Enquanto isso, em Sarajevo, eu reagia à infelicidade da adolescência e à ameaçadora iniquidade da vida adulta refugiando-me nos livros; Sestra tinha doze anos, alheia à dor que brotava dentro de mim; Mama era de meia-idade, infeliz e solitária, o que eu não conseguia ver na época já que vivia com o nariz enfiado nos livros. Eu lia compulsivamente, apenas vez por outra emergindo à superfície da realidade comum para respirar o hálito fétido da existência dos outros. Eu lia a noite toda, o dia todo, em vez de fazer os deveres de casa; na escola, eu lia um livro escondido embaixo da carteira, um delito quase sempre punido por uma junta de valentões da turma. Era somente no espaço imaginário da literatura que eu me sentia seguro e à vontade – sem pai ausente, sem mãe deprimida, sem nenhum valentão me fazendo lamber as páginas do livro até minha língua ficar preta de tinta.

Conheci Azra quando retirava livros de uma biblioteca pública e gostei imediatamente do silêncio livresco de seu rosto de óculos. Acompanhei-a até sua casa, diminuindo o passo sempre que eu tinha algo a dizer, parando quando ela o fazia. Ela não tinha nenhum interesse em *O apanhador no campo de centeio;* eu não havia lido *Quo vadis* e fingi interesse em *O levante camponês*. Era evidente, entretanto, que tínhamos uma paixão por imaginar vidas que poderíamos viver através dos outros – um ingrediente essencial a qualquer amor. Em pouco tempo descobrimos alguns livros de que ambos gostávamos: *A máquina do tempo*, *Grandes esperanças*, *O caso dos dez negrinhos*. No primeiro dia, conversamos principalmente sobre *O anão de um país esquecido*. Nós o adorávamos, apesar de ser um livro infantil, porque éramos capazes de nos identificar com uma criatura pequena perdida em um mundo grande.

Começamos a namorar, o que significava que frequentemente líamos um para o outro em um banco perto do Miljacka, nos beijando apenas quando ficávamos sem assunto, nos acariciando cautelosamente, como se deixar tudo acontecer fosse exaurir a intimidade singular e controlável que havíamos alcançado. Eu me sentia superfeliz de sussurrar um trecho de *Franny e Zooey* ou de *O longo adeus* em seus cabelos. Assim, quando Tata anunciou, ao retornar a Sarajevo de licença, que todos nós passaríamos o verão de 1983 juntos na África, senti um estranho alívio: se eu e Azra estivéssemos longe um do outro, poderíamos resistir às torturantes tentações e evitar a mácula que o corpo inexoravelmente inflige à alma. Prometi que lhe escreveria todos os dias, no meu diário, já que cartas da África chegariam muito tempo depois do meu retorno. Eu registraria cada pensamento, prometi, cada sentimento, cada experiência, e assim que voltasse, iríamos reimaginar tudo, lendo, por assim dizer, o mesmo livro.

Houve muitas coisas que eu quis anotar naquela primeira noite em Kinshasa: o oeste flamejante, o leste hermeticamente escuro quando atravessamos o equador ao pôr do sol; a lembrança vívida do cheiro dos seus cabelos; uma frase de *O anão de um país esquecido* de que nós dois tanto gostávamos: *Tenho que encontrar o caminho de casa antes do outono, antes que as folhas cubram o chão.* Mas não escrevi nada e aplaquei minha consciência atribuindo o fato à perturbação causada pela bateria. O que eu não escrevi permaneceu no quarto dos fundos da minha mente, como os presentes de aniversário que eu não tinha permissão de abrir até que todos tivessem deixado a festa.

De qualquer modo, na manhã seguinte, Sestra estava na sala, olhando com vaga fascinação para um homenzinho magro de camiseta estampada com um anjo atingido por um tiro em pleno voo. Mama estava sentada em frente a ele, do outro lado da mesinha de centro, ouvindo atentamente seus trinados estridentes, as pernas cruzadas, a bainha da saia curvada sobre o hemisfério norte de seu joelho.

– *Svratio komšija Spinelli* – ela disse. – *Nemam pojma šta pirča.*
– Bom-dia – eu disse.
– Boa-tarde, rapaz – Spinelli disse. – O dia já está quase acabando. – Expôs um conjunto de dentes que diminuía uniformemente de tamanho do centro em direção às bochechas, como tubos de órgão. Sestra sorriu com ele; ele mantinha as duas mãos sobre as coxas, calmamente imóveis, descansando antes da tarefa seguinte. Que foi afastar as duas mechas onduladas que faziam um parêntese de cada lado de sua testa. As ondas instantaneamente retornaram à posição original, as pontas simetricamente tocando as sobrancelhas.

Essa foi a primeira vez que encarei Spinelli e, a partir desse momento, seu rosto continuou mudando, apesar de todas as mudanças estarem agora unificadas nas duas rugas entre os olhos, paralelas como um sinal de igual vertical, e naquele sor-

riso delicado, de dentes arreganhados, que sempre surgia ao final de suas frases. Ele disse:
— Desculpe pelo barulho. Um cão entediado faz coisas malucas.

Aos dezesseis, eu despendia um bocado de energia fingindo tédio: revirava os olhos; dava respostas curtas e secas às perguntas dos meus pais; fazia cara de paisagem quando eles contavam alguma saga da vida real. Eu havia construído um escudo de aço de indiferença que me permitia fugir, ler e retornar para a minha cela sem que ninguém notasse. Mas na primeira semana na África, o tédio era real. Eu não conseguia ler; ficava varrendo a mesma página — a vinte e sete — de *O coração das trevas* e não conseguia ir adiante. Tentei escrever para Azra, mas não achei nada para dizer, talvez porque houvesse tanto a dizer.

Certamente não havia nada para fazer. Eu não tinha permissão para sair sozinho na selva humana de Kinshasa. Por algum tempo, vi TV, as arengas bombásticas de Mobutu e os comerciais de latas de óleo de coco flutuando no céu azul da felicidade que se compra. Uma ou duas vezes, no meio do dia, eu até sentia um desejo disperso, inexplicável, de estar com minha família, mas Tata estava no trabalho; Sestra guardava sua florescente independência com seu walkman no volume máximo; Mama estava distante, enfurnada na cozinha, provavelmente chorando. O ventilador de teto girava preguiçosamente sem parar, lembrando-me cruelmente que o tempo ali passava na mesma lentidão letárgica.

Tata era uma grande caixa de promessas, um fabulista de possibilidades. De volta a Sarajevo, ele havia projetado na tela em branco do nosso provincianismo socialista a Kinshasa como uma colmeia fervilhante de prazeres neocoloniais: clubes exclusivos com piscinas e quadras de tênis; recepções diplomáticas frequentadas por espiões e pelo *jet set* internacional; cassinos cosmopolitas e hotéis exóticos; safáris em regiões selvagens e Philippe, um cozinheiro nativo que ele havia tirado de um belga aumentando-lhe o salário em uma ninharia. Naquela primeira e monótona semana, essas promessas foram tristemente descumpridas – nem mesmo Philippe apareceu para trabalhar. Quando papai voltava para casa da embaixada, tínhamos jantares insípidos que Mama improvisava com o que descobria na geladeira: pimentões ressequidos e mamões murchos, pasta de amendoim e uma carne que podia ser de bode.

Determinado a dispersar a nuvem de tédio que pairava sobre nós, Tata finalmente ligou para o embaixador iugoslavo e nos convidou à sua residência em Gombe, onde moravam todos os diplomatas importantes. As mansões lá eram enormes, os gramados amplos, flores magníficas vicejavam em arbustos impecavelmente podados, o venerando Congo fluía serenamente. Sua Excelência e a excelente esposa eram amáveis e destituídos de qualquer vigor humano ou talento para contar histórias. Sentamo-nos em sua sala de recepção, os adultos fazendo circular declarações ("Kinshasa é estranha"; "Kinshasa é realmente pequena") como um açucareiro. Troféus exóticos distribuíam-se cuidadosamente ao redor da sala: um exemplar de renda de bilro da Antuérpia na parede; uma pedra antiga da Mesopotâmia sobre a mesinha de centro; na estante, um retrato de Suas Excelências em uma montanha com o pico coberto de neve. Um criado com uma implausível faixa vermelha na cintura trouxe as bebidas – Sestra e eu recebemos um copo de limonada cada um, com uma longa colher de prata. Eu não ousava me mexer e quando Sestra, abrupta e inexplicavelmente, rolou como um cãozinho feliz no felpudo tapete afegão, temi que nossos pais fossem nos deserdar.

Assim que voltamos para casa, subi ao apartamento de Spinelli. Ele abriu a porta usando a camiseta do anjo baleado e shorts, as pernas finas como se fossem de pau. Não pareceu nem um pouco surpreso de me ver, nem perguntou o que me levara ali.

– Entre – disse, fumando, uma bebida na mão, a música estrondando atrás dele. Acendi um cigarro; eu não havia fumado o dia inteiro e estava faminto por nicotina. A fumaça desceu aos meus pulmões como uma seda, depois saiu, densa, pelo nariz; foi tão maravilhoso que fiquei zonzo e sem ar. Spinelli tocava uma bateria imaginária no ar, acompanhando a música alta, um cigarro pela metade no meio da boca.

– "Black Dog" – ele disse. – Cacete.

Do outro lado da sala, bem embaixo da janela, havia uma bateria de verdade; os pratos dourados tremiam sob a corrente de ar-condicionado.

Tocando solos de guitarra e bateria no ar, Spinelli fazia confissões espontâneas: ele cresceu em um bairro violento de Chicago e caiu fora assim que pôde; vivia na África desde sempre; trabalhava para o governo americano e não podia me dizer qual era sua função, pois se o fizesse teria que me matar. Ele começava toda frase sentado, depois terminava em pé; a seguinte era acompanhada por batidas nos instrumentos invisíveis. Ele nunca parava; o espaço se organizava à sua volta; ele exsudava tanto de si mesmo que eu me sentia ausente. Somente quando eu, exausto, deixei seu apartamento foi que consegui pensar. E assim pensei que ele era um verdadeiro americano, um mentiroso e um fanfarrão, e que andar com ele era muito mais estimulante do que os grilhões da vida em família ou dos digníssimos diplomatas de Gombe. Em algum ponto do seu monólogo verborrágico e incansável, ele me batizou, sem nenhuma razão aparente, de Blunderpuss.

Voltei ao apartamento de cima uns dois dias depois e novamente no dia seguinte. Mama e Tata pareceram de acordo, pois se eu levasse meu tédio dali todos nós poderíamos evitar longos períodos de mal-humorado silêncio. Devem ter pensado também que me envolver com o mundo real e seus habitantes sem realmente sair de casa era bom para mim, e eu ainda exercitaria o meu inglês. Quanto a mim, fumava no apartamento de Spinelli tanto quanto quisesse; a música era muito mais alta do que meus pais jamais permitiriam; ele completava meu copo de uísque antes que ficasse pela metade. Ele até me mostrou um pouco como tocar bateria – eu adorava bater nos pratos. Mas acima de tudo eu gostava de suas histórias: ele as contava deitado no sofá, soprando fumaça de cigarro para o veloz ventilador de teto, bebericando seu J&B, interrompendo sua narração para um solo de uma música de Led Zeppelin. As mentiras têm um certo cheiro de morte, um quê de mortalidade, mas as de Spinelli eram divertidas de se ouvir.

Ele havia montado um negócio de venda de cigarros no colégio e costumava fazer sexo com a professora de geografia. Ele cruzou os Estados Unidos de carona: em Oklahoma, bebeu com os índios e eles o alimentaram com cogumelos que o levaram para a terra dos espíritos – os espíritos tinham bundas grandes com dois cus, ambos igualmente cheirando a merda; em Idaho, morou numa caverna com um sujeito que passava o dia inteiro observando o céu, esperando que uma frota de helicópteros pretos descesse sobre eles; contrabandeou gado do México para o Texas, carros do Texas para o México. Depois entrou para o exército: evitando ser destacado para a linha de frente, aplicou cebola no pênis para simular uma infecção; andou com prostitutas na Alemanha, esfaqueou um cafetão montenegrino numa discoteca. E veio a África: entrou clandestinamente em Angola para ajudar os partidários de Savimbi que lutavam pela liberdade; treinou as forças especiais de Uganda com os israelenses; plantou uma armadilha envolvendo sexo e chantagem em Durban. Ele contava essas histórias por desvios, seguindo por sua vida sem a menor ordem cronológica.

À noite eu ficava deitado na cama tentando organizar seu fluxo de consciência em minha mente atordoada para poder escrever tudo para Azra. Mas eu não conseguia, pois agora podia ver os furos no tecido de suas histórias, as inconsistências, as contradições e a pura e simples bobajada. As histórias eram incontestáveis quando ele as contava, mas seriam óbvias mentiras quando escritas. Sem a sua proximidade física, ele não fazia sentido; ele precisava estar fisicamente presente em suas próprias narrativas para torná-las plausíveis. Apesar disso, eu buscava sua companhia; continuava a subir as escadas.

Certa noite fui lá, mas Spinelli estava todo arrumado e pronto para sair, usando uma camisa preta desabotoada, cheirando a banho e água de colônia, uma corrente de ouro pendurada abaixo do pomo de adão. Ele acendeu um cigarro na soleira da porta, inalou e disse: "Vamos nessa." Eu o segui sem questionar. Nem passou pela minha cabeça dizer aos meus pais aonde ia. Eles nunca vieram me procurar quando eu estava no apartamento de cima e o tédio que eu suportara sem dúvida me dava direito a um pouco de aventura. Percebi depois que estávamos indo a um cassino logo na esquina.

– O dono do cassino é um croata – Spinelli disse. – Já esteve na Legião Estrangeira, lutou em Katanga, depois em Biafra. Nem quero saber o que ele andou fazendo. De vez em quando fazemos negócios, além disso a filha dele gosta um bocado de mim.

Eu não podia ver seus lábios se mexendo enquanto andávamos, sua voz era incorpórea. Eu vibrava de curiosidade, mas não conseguia pensar em nada para perguntar: a realidade que ele deixava implícita era sólida a ponto de ser intransponível. Dobramos a esquina e havia um esplêndido letreiro de néon anunciando PLAYBOY CASINO, o S e o O piscando fora do ritmo. Uns poucos carros brancos e jipes militares estavam estacionados no terreno de cascalhos. Nas escadas havia umas prostitutas com sapatos de salto alto ridículos, nem subindo, nem descendo, como se receassem cair caso se movessem. Mas se moveram quando passamos por elas; uma delas agarrou meu braço – senti suas unhas compridas fincando-se na minha pele suada – e virei-me para ela. Usava uma peruca roxa e brincos elaborados como enfeites de árvore de Natal, os seios empurrados para cima pelo minúsculo sutiã, permitindo que eu visse metade de seu mamilo esquerdo. Fiquei parado, petrificado, até Spinelli livrar-me de suas garras.

– Você não trepa muito, não é, Blunderpuss? – ele disse.

Três homens sentavam-se à mesa da roleta, todos bêbados, a cabeça tombando no peito entre uma volta e outra da roda. Uma neblina pesada de ansiedade masculina pairava sobre a mesa, o verde do feltro cortado pelas pilhas de fichas coloridas. Um dos homens ganhou, despertou do seu torpor para pegar as fichas com os dois braços, como se abraçasse uma criança.

– Observe como o crupiê rouba os caras – Spinelli disse, deleitando-se. – Vão perder tudo antes de pedirem outra bebida, depois perderão ainda mais.

Observei o crupiê, mas não consegui ver como o roubo se dava: quando eles ganhavam, o crupiê empurrava as fichas para eles; quando perdiam, raspava a pilha para si mesmo. Tudo parecia simples e honesto, mas eu acreditava em Spinelli, fascinado pela abominação. Comecei a compor uma descrição daquele lugar para Azra. A porta do inferno: o cone de fumaça subindo para a luz sobre a mesa de vinte e um; os lampejos histéricos de duas caça-níqueis no canto; o homem em pé no bar vestido como um fazendeiro, terno leve de linho e chapéu-panamá, a mão direita pendendo do balcão como a cabeça de um cão adormecido, uma fita de fumaça de cigarro passando lentamente entre seus dedos.

– Deixe-me apresentá-lo ao Jacques – Spinelli disse. – Ele é o chefe.

Jacques colocou o cigarro na boca, apertou a mão de Spinelli, depois me olhou de cima a baixo sem dizer nada.

– Este é Blunderpuss, o garoto de Bogdan – Spinelli disse. O rosto de Jacques era perfeitamente quadrado, o nariz perfeitamente triangular; o pescoço parecia menos um toco de árvore do que uma chaminé de fogão feita de carne. Ele exibia a amigável brutalidade de alguém cuja vida organizava-se em torno de seus lucros e de sua sobrevivência; no que dizia respeito a mim, eu não existia no mundo dos fatos objetivos. Apagou o cigarro e, com um inglês desfigurado por consoantes croatas pesadonas, disse a Spinelli:

– O que é que eu vou fazer com aquelas bananas? Estão apodrecendo.

Spinelli olhou para mim, sacudiu a cabeça com uma divertida incredulidade, e disse:

– Faça uma salada de frutas.

Jacques devolveu o sorriso e disse:
— Vou contar piada. Mãe tem filho muito feio, horroroso, ela viaja num trem, na cabine fechada. As pessoas entram na cabine, veem criança, é muito feia, não conseguem olhar, saem, vão embora, com horror da criança. Ninguém se senta com eles. Então, vem homem, sorri para mãe, sorri para criança, senta, lê jornal. Mãe pensa: homem bom, gosta do meu filho, homem verdadeiramente bom. O homem pega uma banana e pergunta mãe: "Seu macaco quer banana?"

Spinelli não riu, nem mesmo quando Jacques repetiu o final: "Seu macaco quer banana?" Em vez disso, ele perguntou a Jacques:
— Natalie está aqui?

Segui Spinelli através de uma cortina de contas para uma sala com uma mesa de vinte e um e quatro homens sentados ao redor; todos usavam uniformes, um deles de cor cáqui e os outros três verde-azeitona. Natalie era quem distribuía as cartas, os dedos longos e flexíveis; sua palidez iluminava a sala escura; seus braços eram muito finos, sem nenhum músculo; tinha manchas roxas nos braços, arranhões no bíceps. No ombro, tinha uma marca de vacina, como a impressão de uma pequena moeda. Spinelli sentou-se à mesa e cumprimentou-a com um sinal de cabeça, batendo um maço de cigarros contra a palma da mão. As maçãs de seu rosto se ergueram, aspas formando-se em torno de seu sorriso. Ao acabar de dar as cartas, ela ergueu a mão delicadamente, como se levantasse um véu, e coçou a testa com o dedo mindinho; seus cabelos, puxados para trás em um rabo de cavalo apertado, brilhavam nas têmporas. Ela piscou devagar, calmamente; parecia que separar as longas pestanas requeria um grande esforço. Permaneci na escuridão, fascinado, fumando, o coração acelerado, mas aparentando calma. Natalie não era deste mundo, um anjo deslocado.

Dali em diante, por algum tempo, fomos só nós três. Íamos a lugares: Spinelli dirigindo seu Land Rover fedendo a cachorro e cordas, batucando no volante, batendo no painel como se fosse os pratos da bateria, chamando Natalie de sua Monkeypie; Natalie fumando no banco do carona, olhando para fora; eu atrás, o vento da janela aberta trazendo a inebriante fumaça de cigarro misturada com o cheiro dela diretamente no meu rosto. Nós três: Spinelli, Monkeypie e Blunderpuss, como personagens de um romance de aventuras.

No dia 27 de julho – eu me lembrava porque fiz nova tentativa de escrever – fomos à Cité procurar Philippe, que ainda não aparecera no trabalho. Provavelmente era uma forma de Spinelli expiar seus pecados com a bateria, um arranjo entre ele e Tata. Spinelli e Natalie me pegaram assim que o dia clareou; a luz ainda estava difusa pelos resíduos da noite úmida. Seguimos em direção à periferia, no meio da multidão que marchava em colunas como formigas: homens de shorts rasgados e camisas esfarrapadas; mulheres enroladas em panos, carregando cestos na cabeça, crianças de barriga inchada tentando acompanhá-las; cachorros macilentos, de língua para fora, seguindo-os a uma distância esperançosa. Eu nunca vi nada tão irreal na minha vida. Viramos em uma estrada de terra que deu numa trilha esburacada da largura de um carro. O Land Rover levantava uma galáxia de poeira, mesmo à baixa velocidade. Barracos desconjuntados, montados com papelão e folhas de zinco enferrujadas, alinhavam-se acima de uma vala, prestes a desmoronarem lá dentro. Compreendi o que Conrad quis dizer com *devastação habitada*. Uma mulher com uma criança amarrada às costas mergulhava roupas em uma água da cor de chá e batia a trouxa molhada com uma raquete de tênis.

Logo um bando de crianças barulhentas estava correndo atrás do carro.

– Olhe só uma coisa – Spinelli disse, metendo o pé no freio. As crianças se chocaram contra o Land Rover; uma delas caiu sentada, outras recuaram e ficaram observando, com medo, o Land Rover seguir em frente.

– Oh, pare com isso! – Natalie disse. Assim que o carro ganhou um pouco de velocidade, as crianças começaram a correr atrás dele outra vez; não era sempre que viam um Land Rover na Cité. Spinelli pisou no freio outra vez, dando um tapa na coxa de alegria. Pude ver o rosto do garoto mais alto bater com força contra a janela traseira, o sangue espirrando em um jato de seu nariz. A risada de Spinelli vinha do fundo do peito, como o latido de um cachorro grande, terminando com um barulho de sucção. Era contagiante; eu mesmo ria desbragadamente.

Paramos em frente a uma igreja, onde um coro cantava: vozes fortes, sombrias. Spinelli entrou para deixar um recado para Philippe; Natalie e eu ficamos para trás. Ele abriu caminho entre os garotos, que se afastavam, murmurando:

– *Mundele, mundele.*

Eu quis dizer alguma coisa para agradar Natalie, mas tudo que consegui foi perguntar:

– O que estão dizendo?

– Significa "sem pele" – ela disse.

O garoto alto ainda estava sangrando, mas não conseguia tirar os olhos de Natalie. Ela tirou uma foto dele; ele limpou o sangue do nariz e desviou o rosto da câmera; outras crianças cobriram o rosto com as mãos. Eu não sabia o que dizer, assim fechei os olhos e fingi tirar um cochilo.

– Você vai ter que arranjar um novo cozinheiro, Blunderpuss – Spinelli disse, subindo no banco. – É no funeral de Philippe que estão cantando. O sujeito empacotou.

Da Cité fomos para o mercadão – Le Grand Marché – e ficamos andando por ali; era cedo demais para ir para casa. Todos os aromas e cores, todas as coisas do mundo: cobras, insetos, ratos e roedores, galinhas cacarejando e aves depenadas, peixes chatos, peixes compridos, peixes quadrados e criaturas mestiças despeladas, que pareciam ter sido arrebanhadas no inferno. Spinelli barganhava em lingala e inglês, além de usar mãos e caretas. Ele fingiu estar interessado em um macaco seco, cujas mãos agarravam o nada com um desespero repugnante; remexeu as batatas-doces, mas não comprou nenhuma. Natalie tirou fotos de bodes aterrorizados, esperando para serem abatidos embaixo do balcão, de enguias ainda se mexendo em uma panela velha, de minhocas contorcendo-se em uma caixa de sapatos, as quais a mulher que as vendia protegia da lente com um jornal.

Essas pessoas não tinham nenhum conceito abstrato do mal, Spinelli disse, como nós tínhamos; para elas, era magia negra vinda de uma determinada pessoa, de modo que se você quisesse se livrar de um feitiço maligno, você devia eliminar o sujeito. O mesmo se dava com o bem: não era algo a que se pudesse aspirar, como nós fazemos; não era possível obtê-lo, ou você o tinha ou não. Ele dava sua aula antropológica enquanto barganhava sobre um enorme e barroco cacho de bananas; ele o comprou por uma ninharia e carregou-o sobre o ombro. Não se podia morrer de fome ali, ele disse, porque banana e mamão cresciam como praga por toda parte. Era por isso que aquelas pessoas nunca aprendiam a trabalhar; nunca precisaram plantar e armazenar alimento para sobreviver. E também tinham o sangue mais grosso, o que explicava por que dormiam o tempo todo.

Ninguém dormia no mercadão; todo mundo gritava, contestava, barganhava. Um bando de gente nos seguia, oferecendo coisas de que possivelmente não precisaríamos: escovas de vaso sanitário, agulhas de tricô, estatuetas esculpidas do que Spinelli afirmava serem ossos humanos. Aventurei-me a comprar um bracelete feito de rabo de elefante e marfim, mas somente depois que ele o inspecionara. Seria um presente para Azra.

Mais tarde, naquele mesmo dia, fomos ao InterContinental. Atravessamos o carpete de pele de leopardo do saguão, onde um pianista de rabo de cavalo tocava "As Time Goes By". Tomamos coquetéis coloridos com pequenos guarda-chuvas enfiados em frutas desconhecidas. Havia alguns homens com trajes do Zaire: colarinhos largos, sem gravata, o peito nu coberto de ouro, as mãos cheias de joias. Spinelli os chamava de Legumões; gostavam de viver pendurados no saco de Mobutu. E aquelas caras prostitutas brancas que estavam com eles vinham de Bruxelas ou Paris; abriam as pernas por dois ou três meses, depois levavam para casa uma bolsinha de diamantes, dos quais viviam o resto do ano. E aquele lá era o dr. Slonsky, um russo que chegara há uns vinte anos, quando era preciso importar papel higiênico da Bélgica. Ele já foi médico pessoal de Mobutu, mas atualmente só trata dos Legumões – Mobutu tinha um graduado de Harvard cuidando dele. Slonsky vivia deprimido, porque gostava de se aplicar.

Natalie sugava seu canudinho, sem ouvir, como se já tivesse escutado tudo aquilo.

– Tudo bem, Monkeypie? – Spinelli perguntou.

Eu quis mostrar, em solidariedade a ela, que não me deixava impressionar com as fofocas de Spinelli, mas na verdade estava fascinado.

Depois, havia Towser, o inglês. Seu jardim era o jardim das delícias terrenas, com flores cujos nomes nem se suspeitava; sua mulher trabalhava na embaixada britânica. E aquele rapaz imundo sentado ao seu lado era o namorado italiano deles. Conversavam com Millie e Morton Fester. Eram nova-iorquinos, mas gostavam de passar temporadas na África; lidavam com arte tribal, esse tipo de besteira, a maior parte surrupiada dos nativos pelos Legumões. Millie escrevia extravagantes romances pornôs; Morton fora fotógrafo da *National Geographic* e cruzava o continente negro atrás de imagens de animais bizarros. Ele possuía uma vasta cabeleira grisalha e óculos enormes, que se estendiam além de suas faces encovadas; ela, os dentes amarelos de uma fumante inveterada. Spinelli chegou a acenar para eles, e Morton retribuiu o aceno. De certa forma, o gesto confirmou as histórias de Spinelli; ele as tornou reais com o movimento da mão.

Em seguida, juntou-se a nós um libanês, Fareed, cuja cabeça era lisa como uma bola de bilhar e a quem Spinelli afetuosamente chamava de Dicknose. Ele nos pagou uma rodada de bebidas e antes mesmo que eu pudesse concordar, subimos ao quarto de Dicknose, onde ele abriu uma maleta preta para nós. Havia um tecido de veludo dentro da maleta; ele o desdobrou e orgulhosamente exibiu um montículo de diamantes brutos, cintilando como dentes em um anúncio de pasta de dentes. Os diamantes haviam acabado de chegar de Kasai, Dicknose disse, recém-saídos das entranhas da terra. Natalie tocou o pequeno monte com as pontas dos dedos, com receio de que aquelas pepitas de luz pudessem desaparecer; suas unhas eram roídas até se transformarem numa polpa sangrenta.

– Tudo que você precisa para tornar sua garota aqui feliz, Blunderpuss, é de vinte e cinco mil dólares – Spinelli disse.

Natalie olhou para mim e sorriu, confirmando o preço.

Do InterContinental, fomos para o apartamento de Spinelli em meio à névoa da minha euforia e da umidade local, passando pela embaixada americana, um prédio de oito andares cercado por um muro alto. Guardas entediados fumavam por trás do portão de grade de ferro. No alto da embaixada havia um ninho de antenas suplicantes aos céus. Imaginei uma vida de espionagem e perigo; imaginei cartas que enviaria a Azra de trás das linhas inimigas; seriam assinadas com um nome falso, mas ela reconheceria minha letra: *Quando receber esta carta, minha querida, estarei muito longe do alcance de seu amor.*

– É aqui que eu defendo a liberdade, para poder perseguir a felicidade – Spinelli disse. – Um dia eu o levarei lá, Blunderpuss.

Quando subíamos as escadas de nosso edifício, passei pelo apartamento onde minha família devia estar jantando, mas senti como se não estivessem lá, como se nossa casa estivesse vazia. Isso podia ser assustador, a ausência, mas eu estava empolgado demais para me importar.

Ao cruzar a porta, Spinelli dirigiu-se ao gravador de fita cassete e ligou-o. Os carretéis começaram a girar devagar, indiferentes.

– Senhoras e senhores, "Immigrant Song" – ele gritou, e depois continuou berrando, acompanhando a música. – AaaaAaaaAaaaaaaAaaa Aaaa...

Coloquei as mãos nos ouvidos para exagerar meu sofrimento e Natalie riu. Ainda berrando, Spinelli remexeu na bagunça em sua mesinha de centro até encontrar o que eu imediatamente identifiquei como um baseado. Ele interrompeu seus uivos para acendê-lo, tragou-o vigorosamente e passou-o a Natalie. Eu era virgem em questão de drogas, mas quando Natalie, prendendo a respiração até ficar com os olhos esbugalhados e, de certo modo, mais azuis por causa disso, o ofereceu a mim, peguei-o e puxei o máximo que pude. Naturalmente, tossi tudo para fora imediatamente, saliva e muco explodindo na direção de Natalie e Spinelli. Sua risada foi resfolegada, empurrando as maçãs do rosto para cima, dilatando as narinas – ela teve que se deitar e agarrar a barriga. Um cordão de muco pendurou-se do meu nariz, quase atingindo o queixo.

– Se você não aguenta o calor, Blunderpuss, fique longe do forno – Spinelli resmungou.

Bem, eu estava gostando do forno e, depois que a tosse cessou, inalei a fumaça do baseado e a mantive presa nos pulmões, resistindo à infernal coceira em minha garganta, esperando a onda chegar.

Spinelli sentou à sua bateria e pegou as baquetas. Ouviu atentamente outra canção, esperando, e em seguida golpeou os tímpanos com força, tocando junto com a música, mordendo os lábios para expressar paixão.

– A ponte mais espetacular da história do rock 'n' roll – ele disse. Atacou os tímpanos outra vez, apesar de a música ter seguido em frente, e continuou a fazê-lo. Eu reconheci a batida: era o que havia nos assustado na primeira noite.

– Qual é o nome desta música? – perguntei.

– "Stairway to Heaven" – Spinelli respondeu.

– Parece tão africana.

– Não é africana. Isto é Bonzo, o mais branco possível.

Natalie pegou o baseado da minha mão; seus dedos eram macios e frios, o toque estranhamente delicado. Reclinei-me para trás e fiquei observando o ventilador de teto girando freneticamente, como se um helicóptero tivesse enterrado no teto de cabeça para baixo. Spinelli parou de tocar a bateria para dar um tapa sibilante.

– Sabe – ele disse, exalando –, você é só um garoto inocente, Blunderpuss. Quando eu tinha a sua idade, eu fazia coisas que não faria hoje, mas eu fazia na época para não ter que fazer agora.

Ele rebobinou a fita, pressionando as teclas Stop e Play alternadamente, tentando encontrar o começo. A fita rangeu até ele localizar o trecho de silêncio que antecedia "Stairway to Heaven".

– Há tanta coisa que você não sabe, filho. Você sabe o que não sabe?

– Não.

– Você não faz ideia do quanto você não sabe. Antes de você saber alguma coisa, você tem que saber o que não sabe.

– Sei.

– Sabe porra nenhuma.

– Deixe-o em paz – Natalie disse, sonhadoramente.

– Cale a boca, Monkeypie. – Ele deu outro trago, cuspiu na minúscula guimba e lançou-a com um piparote na direção do cinzeiro na mesinha de centro, errando por um metro. Em seguida, me perguntou:

– Por que você está aqui?

– Aqui? Em Kinshasa?

– Esqueça Kinshasa, Blunderpuss. Por que você está aqui neste maldito planeta? Você sabe?

– Não – tive que admitir. – Não sei.

Natalie suspirou, dando a entender que ela sabia onde aquela conversa toda ia dar.

– Exatamente – Spinelli disse, e golpeou um címbalo com as baquetas. – Este é exatamente o seu problema.

— Tudo bem, querido? — Natalie me perguntou, estendendo a mão para me tocar, mas não conseguia me alcançar e eu não conseguia me mover.

— Tá, claro — eu disse.

— Escuta só ele: "Tá, claro" — Spinelli disse. — Fala como um americano.

— Deixe-o.

Mas "Stairway to Heaven" se animava, a bateria entrando.

— É isso aí! — Spinelli deu um salto de empolgação. — Há sempre um túnel no final da luz.

A essa altura, ele se inclinava sobre mim, bloqueando minha visão do ventilador de teto.

— Steve — Natalie disse sem convicção. — Deixe-o em paz. Ele quer ficar sozinho.

— Ele está sozinho — Spinelli disse. — Vivemos como sonhamos. Desgraçadamente sozinhos.

— Isso é Conrad — eu disse.

— O que é isso?

— Isso é Joseph Conrad.

— Não, não, não, não, senhor, nunca. Isso não é nenhum Joe Conrad. Isso é a verdade.

Ele tocou a ponte de "Stairway to Heaven" por cima da minha cabeça, fechando os olhos, curvando o lábio inferior. Natalie estendeu-se para o outro lado, afastando-se de mim, enfiou a mão entre a face e a almofada e fechou os olhos, esboçando um sorriso celestial. Ele caiu sentado ao meu lado, as costas contra o estômago de Natalie.

— Há uma tribo aqui — ele continuou, a voz mais baixa — que acredita que o primeiro homem e a primeira mulher desceram dos céus por uma corda. Deus os fez descer pela corda, eles se desamarraram e o chefe puxou a corda de volta para cima. E foi exatamente isso que aconteceu, meu caro. Fomos largados aqui e queremos voltar lá para cima, mas não há nenhuma corda. Portanto, aqui estamos nós, Blunderpuss, e a corda sumiu.

Ele abriu os braços para indicar o que nos cercava: a mesinha de centro com uma pilha de *National Geographics*, antigamente lustrosas, sobre a qual estava a máquina fotográfica de Natalie; um cinzeiro transbordando e uma garrafa de J&B; esculturas de ébano de elefantes impassíveis e de guerreiros altos e magros como varapaus, um deles enrolado em sua camiseta.

– Mas podemos ao menos tentar subir o mais alto que pudermos – ele disse, desencavando do bolso uma bolota enrolada em papel de alumínio; desembrulhou-a com deleite e mostrou-me uma bola de pasta verde-oliva no meio. – Foi por isso que Deus nos deu o Afeganistão.

O dia em que fumei maconha pela primeira vez foi também o dia em que fumei haxixe pela primeira vez. Spinelli tirou lasquinhas da pasta, em seguida enfiou-as pelo estreito buraco de um cachimbo de barro, murmurando consigo mesmo:

– E isso aíííí, Bob!

Dessa vez, não tive problema em inalar e soltar a fumaça impressionantemente devagar.

– Estou aqui – Natalie disse, e eu lhe passei o cachimbo. Ela fumou de costas, os olhos ainda fechados. A fumaça se esgueirou de sua boca, como se ela simplesmente não estivesse respirando.

– Sabe, eu era muito parecido com você quando era garoto. Ficava olhando o mapa da América do Sul, da África e da Austrália por muito tempo. Eu pensava: é pra lá que eu vou – Spinelli disse.

Fitou-me por um longo instante, como se visse o mapa outra vez. Seus olhos estavam embaçados; eu tinha dificuldade em manter os meus abertos.

– E aqui estou eu. Porque eu acredito em alguma coisa. Todo mundo tem que acreditar em alguma coisa. Você tem que saber o que quer.

Ele reclinou-se para trás, encostando em Natalie, que espirrou como um gato, mas se manteve impassível. Minha cabeça e meu estômago estavam completamente vazios. Tentei inalar um pouco de ar para preencher o vácuo dentro de mim, mas não funcionou. Eu arfava, soltando o ar rapidamente, e parecia que estava dando risadinhas – eu ouvia a mim mesmo como se fosse outra pessoa.

– Você deve estar querendo comer uma banana ou algo assim – ele disse. – Está branco como um defunto. – Abruptamente, ele se levantou, assustando-me, e partiu em direção à cozinha. O rosto de Natalie estava pálido, os lábios cor-de-rosa; um fio de cabelo estendia-se de sua testa até a boca, onde se curvava na direção do canto direito. Antes que eu pudesse tomar qualquer decisão, inalei e debrucei-me sobre ela, plantando um beijo onde o cabelo tocava sua boca. Ela abriu os olhos e ampliou o sorriso até eu poder ver a ponta de sua língua projetando-se pelo meio dos dentes.

Retirei-me para meu trono de estupor exatamente quando Spinelli voltou com uma banana enorme, escandalosamente amarela, na mão. Ofereceu-a para mim e disse:

– O macaco gostaria de uma banana?

O macaco comeu a banana, desmaiou em seguida e sonhou com duas mulheres, uma gorda, outra magra, tricotando lã negra ao ritmo de bateria, entoando furiosamente: "Spinelli! Spinelli! Spinelli!" Quando então acordei com papai em seu

capacete colonial e seu pijama de flanela gritando com Spinelli e sacudindo um dedo furioso, vermelho, diante de seu rosto. Spinelli tinha as mãos nos quadris e elas lentamente se fecharam em punhos cerrados; ele estava prestes a dar um soco no meu pai. Eu queria sair em defesa de Tata, mas meus membros se recusavam a se mover. Natalie sentou-se e disse:
– Steve, deixe pra lá, deixe Bogdan levar o garoto pra casa.
– Seus cabelos amontoados do lado direito da cabeça tinham a forma de uma harpa, ou de meio coração.
– Está bem, cara, peço desculpas. Só estávamos nos divertindo um pouco – Spinelli disse. – Felizmente tudo é uma ponte passando sob as águas.

Descer as escadas foi como atravessar uma ponte submersa: uma corrente invisível empurrava meus joelhos, eu não conseguia sentir o concreto sólido sob meus pés. Tata praticamente me carregou, sua mão agarrava meu braço com força e determinação. Ele falava comigo, mas eu só conseguia ouvir o tom de sua voz: era furioso e trêmulo. Embaixo, Mama e Sestra estavam sentadas no sofá como um tribunal de dois jurados; Sestra me observava com um ar divertido e sonolento; o rosto de mamãe estava banhado em lágrimas. Por alguma razão, tudo me parecia engraçado, e quando Tata me largou em uma poltrona em frente a elas, eu deslizei para o chão, rindo convulsivamente.

Mais tarde, no meio da noite, cambaleei até a cozinha, achei a lata de lixo no escuro, apertei o pedal para abrir a tampa e depois mijei, um jato forte e prazeroso em sua boca.

Meus pais não fizeram nenhum sermão, nenhuma advertência sobre drogas e álcool, nenhuma lição de moral sobre respeito próprio, nenhuma queixa sobre ter que limpar o lago de urina no chão da cozinha. Apenas me fitaram mudos do outro lado da mesa de jantar: Tata, de cara feia e preocupada, ponderando as questões perturbadoras do meu futuro; Mama, o rosto apoiado na mão, sacudindo a cabeça diante da extraordinária falta de sorte de me ter como filho, duas gotas de lágrimas se formando nos cantos dos olhos.

Fui obrigado a ir onde quer que fossem: a Lolo La Crevette, onde devoramos camarão com Vaske, um macedônio malárico inclinado a fazer tediosos relatórios sobre sua cacatua tagarela; ao clube português, onde assisti a dois decrépitos franceses jogarem tênis, muito mal, e gritar com um menino magrelo que buscava suas bolas mal lançadas; ao supermercado belga, iluminado à perfeição, onde todo mundo era imaculadamente branco, como se o lugar tivesse sido miraculosamente transportado do pálido centro de Bruxelas. Eu geralmente carregava comigo *O coração das trevas* e tentava ler quando ninguém estava falando comigo, o que estava longe de ser com frequência. Tudo que eu queria era ficar sozinho.

Mas eu só ficava sozinho quando fumava na sacada, no calor escaldante, esperando ver Spinelli ou Natalie na rua, mas nunca via. Não havia nenhum arrastar de pés no andar de cima, nenhuma batida de porta, nenhuma percussão de bateria ou cantoria esgoelada acompanhando Led Zeppelin. Quando eu pensava nos momentos que passamos juntos, não conseguia me lembrar de fazer nada ou de estar em lugar nenhum. Tudo que conseguia lembrar era de sua voz, copiosa e estridente, relatando suas aventuras: Spinelli cruzando o Congo com um bando de mercenários, buscando um satélite soviético que caíra; Spinelli deparando-se com canibais que o consideraram um deus porque conseguiu "tirar" uma moeda de trás da orelha de um guerreiro; Spinelli em Angola, submerso até os olhos em um rio raso, como um hipopótamo, invisível à patrulha cubana que o procurava; Spinelli com um futuro desertor em um restaurante de Durban, comendo cérebro de macaco cru com uma colher diretamente de dentro de um crânio aberto.

Certo domingo, fomos a uma festa ao ar livre nos jardins da embaixada da Checoslováquia em Gombe. Havia cerveja e champanhe, suco de maracujá e ponche; havia pilhas de petiscos e frutas, oferecidos em grandes travessas por dois humildes criados; havia as filhas gêmeas e louras do embaixador da Romênia; havia Sua Excelência e a esposa; e havia um bando de endiabradas crianças comunistas correndo de um lado para o outro e provocando o enfurecido chimpanzé em uma jaula ao lado do barracão do jardim. Eu queria encontrar um lugar sossegado e ficar lendo, mas Tata insistiu que eu participasse de um jogo de vôlei. Jogamos na quadra de areia entre duas enormes palmeiras cujas folhas, como penas monstruosas, pendiam do alto, acima da rede. Estávamos no mesmo time de um búlgaro atarracado cujos numerosos cordões de ouro chacoalhavam toda vez que ele tentava, em vão, alcançar a bola, e das gêmeas romenas, que saltavam graciosamente para a bola e caíam sentadas estupidamente. Felizmente, havia também um russo chamado Anton, alto e esbelto, com um nariz de batata e olhos cinza. Ele era de longe nosso melhor jogador e habilmente destruiu o outro time. Mostrou-me como deixar os dedos flexíveis de modo a fazer a bola flutuar alto o suficiente para que Tata a enterrasse diretamente na carne flácida de Sua Excelência, o embaixador.

Anton foi o único homem que não fumou nem bebeu depois do jogo; na verdade, ele nem água bebeu; sabia manter o controle. Eu segui Anton e Tata até uma mesa sob um enorme guarda-sol; eles conversavam em russo e a voz de Anton era grave e seca, acostumada a dar ordens. Ele tamborilava na mesa com um dedo nervoso; Tata atirava os braços para cima; eles olhavam para mim de vez em quando. Eu não entedia o que falavam, mas pude ouvir o nome Spinelli se sobressair da tagarelice eslava. Uma chama de esperança acendeu-se em meu peito e, quando eu me virei, vi Natalie caminhando descalça na minha direção, em um diáfano vestido branco, o sol transformando suas madeixas em uma auréola. Mas na verdade era uma das garotas romenas, bebendo cerveja avidamente de um grande caneco, dois fios escorrendo dos cantos da boca na direção do queixo coberto de espinhas.

Pouco tempo depois, viajamos para o leste, para o prometido safári. Um homem nos esperava na pista do aeroporto de Goma; nós o avistamos assim que saímos do avião. Ele usava óculos escuros, camisa branca e gravata preta; veio ao encontro de Tata e apertou sua mão diplomaticamente, como se cumprimentasse um dignitário. Falou com ele em francês, depois mudou para inglês ao se dirigir a nós – ou melhor, a mim, ainda que estivesse olhando para Mama –, nos dando as boas-vindas a Goma e nos desejando uma agradável estada no Karibu Hotel, bem como um bem-sucedido safári. Seu nome era Carlier; afirmou que estava a nosso serviço e beijou a mão de Mama enquanto ela tentava soltá-la. Afagou os cabelos de Sestra e cumprimentou-me com um sinal de cabeça, como se achasse que eu era firme e decidido, e respeitasse isso.

Carlier arrastava as palavras e eu não sabia dizer se era seu sotaque ou se estava bêbado. Fora os óculos escuros e um grande anel de brilhantes no dedo médio, ele parecia um açougueiro de um bairro pobre: uma cabeça redonda e gorda, orelhas grandes com lóbulos carnudos, o rosto salpicado de pintas de sangue onde fora implacavelmente barbeado. Ele foi subornando nossa saída do aeroporto quente como um forno, estendendo a mão forrada de dinheiro a funcionários uniformizados e Leguminhos que franziam o cenho com ar de importância. Fora do aeroporto, ele afastou um enxame de taxistas e de camelôs insistentes e nos conduziu a uma van ao lado da qual um homem de terno e gravata impecáveis mantinha-se de prontidão. Carlier deu-lhe uma ordem brusca e ele saltou como um leopardo para abrir a porta para nós.

As ruas de Goma eram envoltas em rolos de nuvens de poeira negra. Em um instante perturbador e estranho, percebi que todo mundo à vista estava descalço e eu não conseguia me lembrar qual a utilidade dos sapatos. Mas logo em seguida vi policiais de botinas nas entradas, recostados nas paredes, como bandidos ociosos nos filmes de faroeste, e o mundo dos fatos concretos se restabeleceu. Quando paramos para deixar um arisco rebanho de cabras passar, ninguém se aproximou da van para nos oferecer esculturas de ossos humanos ou agulhas de tricô.

– Se virar aqui à direita – Carlier disse –, estará em Ruanda.

Viramos à esquerda, saímos da cidade e continuamos pelos campos de lava negra petrificada que cercavam ilhas intermitentes de selva verde. Uma montanha cinzenta além da paisagem verde e preta exsudava fumaça lentamente; a terra parecia sobrenatural.

– Nyiragongo – Carlier disse, como se a palavra fosse autoexplicativa.

O Karibu Hotel consistia em bangalôs espalhados ao longo das margens do lago Kivu, o qual, Carlier nos contou alegremente, era morto: na última erupção do Nyiragongo, os gases vulcânicos mataram todas as criaturas vivas do lago. Sestra e eu dividíamos uma das cabanas, cheirando a toalhas limpas, inseticida e mofo. Enquanto ela desfazia a mala, cantarolando consigo mesma, fiquei olhando pela janela: uma piroga deslizava sem pressa pela águas calmas; o céu e o lago fundiam-se sem nenhuma marca de junção; uma lua de catarata levitava na névoa. O sol se punha em algum lugar; tudo voltava à escuridão depois de um triste dia lá fora.

A proibição de que eu saísse sozinho parecia suspensa ali; deixei Sestra esparramada em sua cama, alegremente ligada a seu walkman. *O coração das trevas* na mão, tomei o caminho de subida, passando por outros bangalôs. Esperava poder escapar do jantar com minha família; precisava ficar longe de tudo, em algum outro lugar, sozinho. No caminho do aeroporto, eles me pareceram estranhos, como atores contratados para representar gestos de atenção e gentileza: Tata com seu absurdo capacete colonial; Mama com um sorriso forçado, sempre com medo do futuro; Sestra com uma curiosidade inútil em relação a tudo – eu podia me lembrar que costumava amá-los, mas não conseguia me lembrar por quê, e fiquei aterrorizado.

As cercas vivas cuidadosamente podadas estavam úmidas com o anoitecer; lanternas baixas, como cogumelos, tremulavam ao longo do caminho. Entrei em um terraço que se estendia do amplo salão do restaurante. No centro do salão, como um altar, havia uma mesa abarrotada de comida e flores. E lá, de costas para mim, pegando fatias de carne e pedaços de fruta, amontoando-os em seu prato, estava Steve Spinelli. Reconheci o tronco triangular e os quadris estreitos, suas munhequeiras e botas de caubói. Por uma fração de segundo, pensei em me esquivar sorrateiramente, mas nesse momento ele se virou – uma verdadeira montanha de comida em seu prato – e olhou para mim sem absolutamente nenhuma surpresa.

– Veja só quem está aqui – ele disse.

Ele saiu ao terraço e eu o acompanhei à sua mesa; ele me convidou a sentar e eu aceitei, resolvido a ir embora o mais breve possível, antes que papai me pegasse ali. Sem ser perguntado, eu disse:

— Vamos ao Parque Nacional de Virunga amanhã, para um safári.

— É um mundo cheio de diversões, Blunderpuss — Spinelli disse. — Mais divertido a cada dia que passa.

— Natalie está com você?

— Está.

— Por que você está aqui?

Ele atacou a comida com uma colher e mastigou vigorosamente com a boca aberta, ignorando-me. Entre uma colherada e outra, soltava uma baforada do cigarro, depois o colocava de volta no cinzeiro.

— De férias — ele disse. — E já que estou aqui, devo discutir uma questão importante com seu pai.

— Como o quê?

— Você, talvez. Ou talvez não. Veremos, quando chegar a hora.

Peguei seu maço de Marlboro e acendi um. A possibilidade de ser um baseado atravessou minha mente, mas tinha um gosto bom. Ele parecia falar comigo de um lugar em que nenhuma vida importava — todos os papéis e propósitos já haviam sido designados e eu não sabia quais eram os meus. Eu me remexia nervosamente e bati a cinza do cigarro até a brasa cair.

— Ouvi dizer que você joga bem vôlei — ele disse. — Gostou de Antonyka?

— Como você o conhece?

— Conheço muita gente. Anton é um notável cavalheiro, assim como um comunista filho da puta.

Ele acenou para Carlier, que acabava de entrar no restaurante acompanhado de um homem alto, com costeletas e uma cabeleira afro parecendo um escafandro. Carlier falava rispidamente com o sujeito, apontando para uma travessa de carne, depois para as flores – havia alguma desordem a ser corrigida.

– Eu também conheço Carlier, por exemplo – Spinelli continuou. – Costumávamos transportar armas para Angola juntos.

O homem alto tomava notas e olhava consternado para Carlier, retesando os músculos e tendões dos braços. Eu o visualizei repentinamente dando um soco no rosto de Carlier, o sangue espirrando em sua camisa branca, Carlier caindo no chão e gritando por socorro.

– Seu pai também jogou com você e Anton, não foi? – Spinelli disse. – Aposto que jogaram muito bem juntos.

Carlier deixou o homem alto cuidando do problema em pauta e deixou-se cair na cadeira ao lado de Spinelli. Tirou um cachimbo do bolso do peito de seu paletó, limpou algum detrito da boca do cachimbo com o dedo mínimo, mas não o acendeu.

– O açoite seria bom demais para *monsieur* Henri – Carlier disse, irritado.

– Um dia desses, Carlier, ele vai cortar sua garganta – Spinelli disse. – E eu vou chorar sobre seu cadáver até não poder mais mijar.

Rindo com aprovação, Carlier pegou meu livro e olhou-o sem interesse; peguei-o de sua mão e lhes desejei boa-noite.

As lanternas em forma de cogumelo lançavam uma luz fraca no caminho, porém em nada mais. O cascalho de lava triturava sob meus pés. Criaturas obscuras farfalhavam nas árvores e arbustos negros; o céu estava cravejado de estrelas, manchado com a Via Láctea; eu estava perdido; não conseguia me lembrar do número da minha cabana, idêntica a todas as outras; o caminho parecia um círculo.

Não sei por que me comportava como um lunático. Ouvi passos descendo o caminho atrás de mim; desviei-me para a escuridão e me agachei atrás de uma árvore com uma precisa clareza de ação; alguém já havia feito isso antes e eu só estava repetindo os movimentos exatos. Deixei meu livro cair; o que quer que estivesse escondido na árvore se arrastou mais para cima e eu não ousei pegar o livro. A casca da árvore era lisa e aromática, minha mão suava contra ela. Os passos pararam.

– Saia daí, Blunderpuss. Eu posso vê-lo.

Eu estava com medo de me mover ou olhar para ele, expirando todo o ar dos meus pulmões, depois inalando através das narinas, ficando zonzo e exultante, como se esse fosse o modo de me tornar invisível. Algo caiu em cima de minha cabeça – uma folha, um inseto, pelo de macaco – mas eu não passei a mão para tirá-lo. Ali era tão fácil esquecer tudo, perder todas as referências. Um exército de insetos zumbiu num tom alto e estridente, como se cortasse um cabo de aço; em seguida, parou. Saí do meu esconderijo, de volta ao caminho.

– Vamos, venha falar com Monkeypie – Spinelli disse. – Ela adoraria ver você.

– Talvez mais tarde. Tenho que ir.

– Ela é louca por você, sabe. Fala de você o tempo todo. Ela ia adorar vê-lo.

Ele passou o braço pelos meus ombros; senti o peso de seu braço no meu pescoço enquanto ele suavemente me empurrava para a frente.

O quarto deles cheirava a açúcar queimado; o ventilador de teto estava parado. Natalie estava deitada de lado, a mão enfiada entre o travesseiro e a face, um sorriso tranquilo no rosto iluminado pelo abajur da mesinha de cabeceira. Em volta do bíceps, um tubo de borracha com um nó frouxo. Na mesinha de cabeceira, havia uma seringa, uma colher e uma vela acesa. Por um instante, fiquei paralisado: via do que se tratava tudo aquilo, mas o pensamento não conseguia fazer sentido. Spinelli acariciou sua testa com as costas da mão e afastou do rosto uma mecha de cabelo desgarrada.

– Ela é linda, não é? Tão tranquila – ele murmurou. – Gostaria de trepar com ela?

– Não sei – eu disse. – Acho que não.

– Ela está um pouco desligada, mas ela adoraria, acredite-me.

– Não, obrigado.

– Qual é o seu problema, Blunderpuss? Quando eu tinha a sua idade, tinha um pau duro de vinte e quatro a vinte e sete.

Ficou parado de pé ao lado dela com as mãos nos quadris. Eu não conseguia me mexer, até que meus joelhos ficaram tão fracos que eu me sentei, de costas para Natalie. Em seu alheamento, ela não se moveu quando me recostei na sua barriga. Eu havia atingido o ponto mais longínquo da navegação. *Querida Azra, as folhas cobriram meu caminho. Não sei se um dia voltarei a vê-la.*

– Você não consegue levantá-lo, não é? – ele disse, com uma risada. – Não consegue levantá-lo. Deixe-me lhe mostrar uma coisa. – Ele rapidamente abriu o cinto de fivela de águia e deixou os jeans caírem no chão. Seu pênis saltou em minha direção e ficou diante do meu rosto como um canhão ereto. A cabeça era absolutamente púrpura; as veias azuis pareciam latejar.

– Um sólido torpedo e pronto para explodir – Spinelli disse, acariciando-o. – Quer pegar? Vamos, pegue nele.

Natalie suspirou, mas não abriu os olhos; a vela tremulou, quase se apagando. Com um esforço indescritível, finalmente consegui ficar de pé e o empurrei.

— Ei! — ele exclamou, cambaleando para trás com as calças nos tornozelos. Ainda assim, eu esperava que ele fosse me agarrar por trás enquanto eu saía, esperava que fosse esmagar minha cabeça contra a porta até eu apagar, mas nada aconteceu.

Lá fora, um rastro de luz trêmulo se estendia em direção à lua de catarata. Meu coração tocava a ponte de "Stairway to Heaven", mas além do barulho em minhas veias, além da moleza nos braços e pernas, além do suor frio na pele, havia um fluxo sereno levando-me para longe de tudo que eu fora. Subindo o caminho, passando pela piscina estranhamente azul-celeste com um enxame de insetos se afogando nela, caminhei de volta para o restaurante.

E no restaurante estaria minha família: minha irmã catando as favas do prato de papai; papai cortando seu bife, ainda usando o capacete colonial apesar da implicância de mamãe; mamãe separando o purê de batatas das cenouras no prato de minha irmã, porque minha irmã nunca queria que se misturassem. Eu tomaria meu lugar à mesa e meu pai me perguntaria por onde eu tinha andado. Lugar nenhum, eu diria, e ele não me perguntaria mais nada. É melhor comer alguma coisa, parece tão pálido, mamãe diria. Minha irmã nos diria o quanto estava ansiosa pelo nosso safári, para ver o elefante, o antílope e o macaco. Amanhã vai ser realmente ótimo, ela exclamaria, batendo palmas de alegria, mal posso esperar. E nós riríamos, mamãe, papai e eu, nos riríamos, Ha, ha, ha, ha, ha, ocultando desesperadamente as marcas de nossas cordas.

Tudo

Antes de abrir os olhos, eu ouvi: contra a parede de som de um trem em movimento, duas vozes masculinas; uma delas cavernosa, com sotaque do sul da Sérvia; a outra entre dentes e pronunciando as palavras com a inflexão dos bandidos de Sarajevo, as consoantes suaves ainda mais suavizadas, as vogais presas no fundo da garganta. Eu não sabia bem sobre o que conversavam, mas ouvi um gorgolejar no gargalo de uma garrafa e o crepitar de um cigarro aceso.
– França – disse o sarajevo.
– Entrada recusada.
– Alemanha.
– Entrada recusada.
– Grécia.
– Nunca fui.
– Entrada recusada.
– Agora você me pegou – disse o sérvio, com uma risada.
O trem diminuiu a marcha e parou; ouvi as portas abrindo. Um deles se levantou e saiu da cabine; o outro o seguiu. Abri os olhos; as portas deslizaram, fechando-se. Eles abaixaram a janela e começaram a fumar. Um homem e uma mulher corriam em direção ao trem, cada qual com duas maletas batendo em suas panturrilhas – havia um arranhão profundo na perna da mulher. Considerei fugir da cabine: eu tinha um maço de dinheiro e minha vida para zelar. Mas meus companheiros de

viagem pressionavam os traseiros contra a porta, a fenda em Y espreitando para fora das calças de um deles. O trem deu um solavanco para a frente e começou a se mover; com um piparote dos dedos, lançaram fora os tocos de seus cigarros e voltaram para dentro da cabine. Fechei os olhos outra vez.

– Você conheceu Tuka? – perguntou o sarajevo.
– Não.
– E Fahro?
– Que Fahro?
– Fahro, a Besta.
– Fahro, a Besta. O do nariz arrancado com uma mordida?
– Sim, esse Fahro.
– Não o conheci.
– Em que pavilhão você ficou?
– Sete.
– Estupro?
– Roubo.
– Roubo era no Seis.
– Bem, eu fiquei no Sete – o sérvio disse, irritado.
– Eu fiquei no Cinco. Homicídio.
– Legal.
– Eu estava um pouco bêbado.
– A vida não vale a pena se a gente não pode beber um pouco de vez em quando – concluiu o sérvio sabiamente, tomando um gole longo e ruidoso diretamente da garrafa. Ficaram em silêncio, observando-me. Não era insensato supor que eles podiam sentir o cheiro do meu medo e estivessem prestes a cortar minha garganta e tomar o dinheiro. Quando pressenti um deles movendo-se na minha direção, abri os olhos. Eles me fitavam com ar de surpresa.

– O garoto está acordado – disse o sarajevo.

– Para onde está indo? – o sérvio me perguntou.
– Zagreb – respondi.
– Pra quê?
– Visitar meu avô.
– Se a vovó tivesse culhões, ela seria o vovô – disse o sarajevo, sem nenhuma razão aparente.
– Você tem uma irmã bonitinha pra gente se divertir? – o sérvio perguntou, lambendo os beiços.
– Não – respondi.
Meu avô já estava morto e, quando não estava, não morava em Zagreb; e eu também tinha uma irmã. A verdade é que meu destino era Murska Sobota, eu tinha um pacote de dinheiro no bolso e a missão de comprar um freezer novo para a minha família.

Algumas semanas atrás, antes de eu partir nesta viagem, meu pai convocou uma reunião de família; "Chega um momento na vida de toda família", ele disse na abertura de seu discurso, "em que ela está pronta para adquirir um freezer grande." O congelador de nossa geladeira já não era espaçoso o suficiente para conter os alimentos – carne, principalmente – para as crianças em fase de crescimento; o número de amigos da família era tão grande que as provisões para uma festa improvisada tinham que estar disponíveis o tempo todo; "o bem-estar de nossa família requer novos investimentos", a abundância exigia mais armazenamento. Meu pai gostava de reuniões como essa, o jogo da democracia em família. Geralmente, tínhamos que estar presentes até o fim da assembleia para podermos votar sobre uma decisão que ele já tinha tomado. Também dessa vez não houve nenhuma objeção: minha mãe revirou os olhos diante da retórica, ainda que quisesse um freezer; à maneira habitual de um jovem de dezessete anos, fiz questão de me mostrar visivelmente indiferente; minha irmã tomava notas, muito lentamente. Tinha treze anos na época e ainda investia na perfeição de sua caligrafia.

Porém, para minha surpresa absoluta, fui unanimemente designado para ser o comprador do freezer. Papai agia por vias misteriosas: ele havia localizado o maior freezer – o modelo de seiscentos litros – disponível no abominável mercado da socialista Iugoslávia; ele de alguma forma descobriu que o melhor preço estava em Murska Sobota, um vilarejo no interior da Eslovênia, não muito longe da fronteira com a Hungria. Eu deveria tomar o trem noturno para Zagreb, depois um ônibus para Murska Sobota; deveria passar a noite em um hotel ambiciosamente denominado Evropa; no dia seguinte, deveria entregar o dinheiro a um homem chamado Stanko e era aí que minha missão terminava. Stanko tomaria as providências de remessa e tudo que eu teria que fazer era voltar para casa em segurança.

O sarajevo olhava fixamente para mim, quem sabe decidindo se devia acabar comigo, porque obviamente eu mentia. Ele usava camisa e gravata, mas seus sapatos eram uma bosta, as solas se soltando. Piscando muito devagar, como se seus olhos contassem o tempo, ele me perguntou:

– Você fode?
– O quê?
– Você fode? Você usa seu pau como deve ser usado?
– Um pouco – respondi.
– Eu adoro foder – o sérvio disse.
– Não há nada melhor do que uma foda – o sarajevo disse.
– Sim – concordou o sérvio com um ar desejoso, esfregando-se entre as pernas. Ele tinha os nós dos dedos tatuados; usa-

va uma jaqueta de couro e sapatos de bico tão fino que parecia tê-los afiado para que pudessem perfurar um crânio facilmente.

Apesar de ter votado a favor da minha convocação na missão do freezer, minha mãe ficara preocupada com minha viagem. Eu estava entusiasmado: Murska Sobota soava exótica e perigosa. Era a primeira vez que eu ficaria longe de casa sozinho, viajando por conta própria, minha primeira oportunidade de viver experiências de onde muitos poemas brotariam. Porque eu era um poeta florescente; enchera cadernos inteiros com versos de anseios adolescentes e tédio esmagador (sempre o outro lado dos anseios). Eu me preparei para a expedição: um caderno novo; vários lápis; um livro de Rimbaud – minha bíblia (*Como eu descia pelos rios impassíveis/ senti-me libertar de meus rebocadores...*); maços de Marlboro (em vez dos costumeiros e ordinários Drinas); e uma única pílula anticoncepcional que eu conseguira em troca do *Physical Graffiti*, um LP duplo de Led Zeppelin que eu não queria mais, já que agora ouvia Sex Pistols.

Eu era um virgem involuntário, meus ossos revestidos de carne ardente. Em consequência, tinha a crença, não rara entre garotos adolescentes, de que além dos círculos restritivos de família, amigos e recatadas colegas de colégio, havia um território vasto e selvagem do mais absoluto sexo, onde o mero contato visual ou físico levava à copulação desenfreada. Eu estava pronto para isso: em preparação à viagem, eu havia testado vários cenários em minha mente embotada de hormônios, determinando que o momento crucial seria quando eu oferecesse a ela a pílula, assim expressando minha preocupação viril e cavalheiresca responsabilidade – nenhuma mulher diria não a isso.

– Você parece um garoto esperto – o sarajevo disse. – Vamos ver se mata esta charada.

– Manda – o sérvio disse.

— Não tem cabeça, mas tem cem pernas, mil janelas e cinco paredes. Nunca é o mesmo, mas é sempre quase o mesmo. É preto, branco e verde. Desaparece, depois volta. Cheira a esterco, palha e óleo de máquina. É a maior coisa do mundo, mas pode caber na palma de sua mão.

O sarajevo ficou me observando, ansiosamente afagando a barba de três dias, como se lembrasse de quando tinha a minha idade, antes de subir a bordo do barco oscilante da maioridade, antes de saber a resposta do enigma.

— É uma casa — o sérvio disse.

— Nenhuma casa tem cem pernas, idiota — retrucou o sarajevo.

— Não me chame de idiota — o sérvio disse, erguendo-se para encará-lo, os punhos cerrados.

— Está bem, está bem — disse o sarajevo, levantando-se e abraçando o sérvio. Abraçaram-se e beijaram-se nas faces várias vezes, depois se sentaram. Eu esperava que a charada tivesse sido esquecida, mas o sarajevo não desistia; ele cutucou meu joelho com o sapato estropiado e disse: — O que é, garoto?

— Não sei.

— Um elefante — o sérvio disse.

— Cale-se — disse o sarajevo. O sérvio deu um salto, pronto para desferir um soco; o sarajevo levantou-se; abraçaram-se e beijaram-se nas faces; sentaram-se.

— Respeito — o sérvio murmurou. — Ou eu vou rachar seu crânio ao meio.

O sarajevo ignorou-o.

— O que é? — ele me perguntou. Fingi estar pensando.

— Tudo — o sérvio disse. — É tudo.

— Com o devido respeito, meu caro, essa provavelmente não é a resposta certa.

— Quem disse?

— Bem, *tudo* geralmente não funciona como resposta a nenhuma charada, e não desaparece e volta.

— Quem disse?

— Todo mundo sabe que isso não acontece.

— Eu digo que acontece.

— *Tudo* não pode caber na palma de sua mão.

— Eu digo que pode – o sérvio insistiu, levantando, os punhos mais cerrados do que nunca. O sarajevo permaneceu sentado, sacudindo a cabeça, aparentemente decidindo que não deveria dar um soco na cara do sérvio.

— Está bem – ele disse –, se é tão importante para você, é tudo.

— Porque é – o sérvio insistiu; e em seguida, virando-se para mim: – Não é?

A ofuscante claridade do nascer do sol: luz infiltrando-se de trás de campos lamacentos; um avião deixando uma cicatriz branca no céu; soldados bêbados cantando aos berros canções de amor e de estupro na cabine ao lado. Os dois homens haviam sossegado, cansados de sua tagarelice, e eu adormeci. Quando acordei, eles tinham ido embora, deixando para trás o mau cheiro de seu desleixo suado. Apalpei meu bolso para verificar se o dinheiro continuava ali, depois anotei o que me lembrava da conversa e da charada, e havia muitas outras coisas a anotar. Nesta viagem, eu estava pronto a novas experiências, tudo era digno de anotação.

Em Zagreb, tomei um ônibus para Murska Sobota. As montanhas pitorescas do Zagorje, com suas casas de cartão-postal e um ou outro castelo de conto de fadas no topo de uma colina;

um camponês saudável e bem-vestido conduzindo um rebanho de vacas saudáveis e gordas pela linha do horizonte; galinhas ciscando minhocas no meio de uma estrada de terra. Eu registrava tudo vorazmente no meu caderno – era como se alguém tivesse limpado e arrumado a terra para a minha chegada. O homem sentado ao meu lado estava absorto em um jogo de palavras cruzadas; ele franzia e refranzia a testa, a caneta na boca como se praticasse felação. Os punhos de seu casaco estavam puídos, as juntas dos dedos machucadas, a pedra de seu anel estava virada para o dedo médio. Muitas de suas letras eram grandes demais para os quadradinhos do jogo, as palavras curvando-se para cima e para baixo. Em determinado momento, ele virou o rosto impecavelmente barbeado para mim e perguntou, como se eu fosse seu assistente tomando notas:

– A maior cidade do mundo?

– Paris – eu disse, e ele retornou ao quebra-cabeça.

Isso aconteceu em 1984, quando eu era alto e magro; minhas pernas doíam e eu não podia esticá-las no ônibus apertado. Pus se acumulava em minhas florescentes espinhas; havia uma ereção arbitrária em andamento. Isso era a juventude: uma sensação permanente de mal-estar que me fazia imaginar um lugar onde o meu desconforto seria natural; onde eu pudesse chafurdar em minhas feridas, como em um lodaçal. Meus pais, no entanto, acreditavam que era seu dever guiar-me a um lugar bom e agradável onde eu pudesse ser normal. Arranjavam conversas espontâneas sobre meu futuro, durante as quais insistiam para que eu declarasse o que queria da vida, quais eram meus planos para o futuro e a faculdade. Eu respondia com derivações dos desvarios de Rimbaud sobre a quantidade de desconhecido despertando na alma universal de nossa era, a alma englobando tudo: cheiros, sons, cores, pensamento encaixando em pensamento etc. Naturalmente, eles ficavam horrorizados com o fato de não fazerem a menor ideia do que eu estava falando. Os pais não sabem nada a respeito dos filhos; alguns filhos levam os pais a acreditar que eles podem ser compreendidos, mas é um embuste – os filhos estão sempre um passo à frente de seus pais. Os solilóquios da minha alma geralmente faziam meu pai se arrepender de não ter me dado mais surras de cinta quando eu era pequeno; minha mãe lia meus poemas secretamente – encontrei vestígios de suas lágrimas preocupadas manchando as páginas dos meus cadernos. Eu sabia que o único propósito do projeto do freezer era confrontar-me com o que papai chamava de "a roupa suja da vida" (embora mamãe sempre lavasse a dele), me fazer passar pelas operações cotidianas e banais que constituíam a existência dos meus pais e aprender que elas eram necessárias. Queriam que eu me juntasse à grande comunidade de pessoas que fazia da coleta e armazenamento de comida o princípio organizador central de suas vidas.

Comida – bah! Nem sequer toquei no sanduíche de frango e pimentão que minha mãe tinha feito para mim. No caderno, eu me tornava poético sobre a sedutora possibilidade de simplesmente seguir em frente, *para o infinito da vida*, sem jamais comprar o freezer. Atravessaria Murska Sobota, para a Áustria, e dali para Paris; escaparia do futuro de faculdade e armazenamento de comida; compraria uma passagem só de ida para o completo desconhecido. Sinto muito, eu diria a meus pais, eu tinha que fazer isso, tinha que provar que uma pessoa poderia ter uma vida longa e feliz sem jamais possuir um freezer. *Em toda viagem, está gravada a assustadora e estimulante possibilidade de nunca retornar. É por isso que dizemos adeus*", escrevi em meu caderno. *Vocês sabiam que isso poderia acontecer quan-*

do me enviaram à monstruosa cidade, à noite infinita, quando me enviaram a Murska Sobota.

Eu nunca havia me hospedado em um hotel antes de ir a Murska Sobota. Temia que a recepcionista do Hotel Evropa não me deixasse entrar por eu ser jovem demais. Tinha medo de não ter dinheiro suficiente, de que meus documentos fossem inesperadamente revelados como falsificações. Repassei tudo que deveria dizer na recepção e o ensaio rapidamente se transformou em uma fantasia em que uma bela recepcionista me atendeu com lassidão, depois me levou para o meu quarto só para arrancar seu uniforme do hotel e me submergir em um oceano de prazer. A fantasia foi devidamente anotada no meu caderno.

    Desnecessário dizer que a recepcionista era um velho cabeludo e rabugento, com o austero nome de Franc. Ele atendia um casal de estrangeiros, vestidos com conveniência para viajar, de tênis, roupas cáqui e casacos impermeáveis. Eles queriam alguma coisa dele, algo que ele não estava disposto a conceder, e pelas vogais abertas e fala nasalada, reconheci que eram americanos. Eu não sabia na época (e ainda hoje não sei) como avaliar a idade de seres humanos mais velhos do que eu, mas a mulher parecia muito mais nova do que minha mãe, talvez porque suas mãos fossem lisas e bem cuidadas. Seu marido era mais baixo do que ela, as rugas alastrando-se dos olhos, uma covinha no queixo suficientemente funda para se colocar ali um parafuso. Ele mantinha as duas mãos nodosas sobre o balcão da recepção, como se estivesse prestes a saltar sobre ele e atacar Franc, que estava orgulhosamente determinado a não sorrir sob nenhuma circunstância. Enquanto a mulher não parava de guinchar "Sim, claro, OK", o recepcionista ficava sacudindo a cabeça. Franc usava um bigode fino, aparado bem rente à linha do lábio superior, como um depósito de cabelo. No pescoço, via-se um conjunto de sinistras linhas paralelas de arranhões de unhas.

Lembro-me de tudo isso, mesmo não tendo anotado em meu caderno, porque passei uma eternidade esperando que os americanos terminassem o check-in. Comecei a imaginar uma conversa que teria com a mulher, caso subíssemos juntos no elevador, enquanto seu inconveniente marido estava seguramente preso em algum outro lugar de uma distante realidade. Em meu inglês de colégio, eu lhe diria que gostava de seu rosto corado de peregrina, que eu queria reter nos braços a aurora do verão. Iríamos, cambaleando, abraçados, para seu quarto, onde nem chegaríamos à cama etc. Seu nome, eu escolhi, era Elizabeth.

– Obrigada – ela disse finalmente, afastando-se da recepção, o marido seguindo-a de perto, como se fosse cego.

– De nada – Franc disse às suas costas.

Ele não tinha nenhum interesse em mim, pois eu não representava nenhum desafio: ele podia falar esloveno comigo, sem se importar se eu entendia ou não (eu entendia); ele podia facilmente desconsiderar qualquer das minhas pobres exigências (ele o fez). Ele pegou meu documento de identidade e meu dinheiro, e me deu em troca uma chave grande, pendurada a uma pera de madeira com o número 504 entalhado.

Elizabeth e o marido ainda esperavam o elevador, cochichando entre si. Olharam de relance para mim e fizeram o que os americanos fazem quando estabelecem um contato visual desnecessário e indesejado: erguem as sobrancelhas, viram os lábios para dentro e iluminam o rosto com uma expressão de inocente indiferença. Eu não disse nada, nem sorri. Na pera que Elizabeth segurava, vi o número de seu quarto, 505, e assim, quando saíram do elevador, eu os segui. Meu quarto ficava bem em frente ao deles e quando entramos em nossos respectivos quartos, Elizabeth virou-se para mim e exibiu um esplêndido sorriso.

Foi em Murska Sobota que eu realmente me defrontei com a inevitável tristeza dos quartos de hotel: um bloco de notas intocado; a colcha de flores infernalmente roxas; uma fotografia em preto e branco de uma estância balneária sem vida; um cesto de lixo repleto de lenços de papel amassados, sugerindo uma rapidinha desatenta. A janela dava para o telhado de concreto de uma garagem, no meio do qual havia uma grande poça, tremeluzindo como a miragem de um lago no deserto. Eu não iria de jeito nenhum passar a noite sozinho naquela caverna lúgubre. Precisava encontrar lugares com alta densidade de jovens, onde belas garotas eslovenas permaneciam em bandos, rejeitando firmemente os avanços desajeitados dos rapazes eslovenos, conservando sua virgindade para um rapaz sarajevo que trazia uma pílula e cujo corpo era um tesouro a ser dissipado.

A rua principal parecia ter sido evacuada às pressas; somente um ou outro ônibus vazio e quase sem luz por dentro passava de vez em quando. Não havia nenhum café, bar ou grupo de jovens que eu pudesse ver, apenas vitrines de lojas fechadas: manequins rígidos, os braços abertos em um obscuro gesto de boas-vindas; torres de potes concêntricos pairando acima de famílias de panelas; pés de sapatos alinhados lado a lado em prateleiras, tão diferentes em forma e tamanho que cada um parecia representar uma pessoa ausente. E havia a loja onde no dia seguinte eu deveria ir comprar para a minha família um passaporte para um futuro de abundância. Na vitrine, um imenso freezer horizontal cintilava como um tesouro em um comercial.

Resolvi explorar as ruas transversais e não encontrei nada além de uma fileira de casas adormecidas, o rumor apavorante de aparelhos de televisão atravessando milhares de janelas silenciosas. Aqui e ali, o céu estava manchado de estrelas. Um letreiro luminoso à distância anunciava o nome de um bar chamado Bar, e para lá eu fui.

Não havia ninguém no Bar, só um homem barbudo com cara de sapo, cujo queixo estava prestes a tocar a borda de seu caneco de cerveja. Uma nuvem de fumaça pairava no ar, densa como um fantasma. Sem levantar a cabeça, o homem me olhou intensamente, como se estivesse esperando que eu chegasse com algum tipo de recado. Recado eu não tinha nenhum, então me sentei o mais longe possível dele, perto do balcão onde não se via ninguém para atender. Acendi um cigarro, resolvido a esperar que um exemplar da beleza feminina entrasse porta adentro.

O homem também acendeu um cigarro; ele expirou como se exalasse a alma pela boca. Comecei a criar um poema em que o personagem principal entrava em um bar tão vazio quanto aquele, fumava e bebia sozinho, inventando chistes, e depois, quando quis pedir outra cerveja, descobriu que o garçom estava morto, caído em uma cadeira atrás do balcão, a mão esquerda estendida para um caneco de cerveja ainda espumante. Eu havia deixado meu caderno no hotel, e não pude anotar o poema, mas continuei pensando nele, continuei buscando rimas, continuei bebendo minha cerveja, continuei sem olhar para o homem. Muitas vidas humanas perecem sem que outras pessoas jamais percebam, e entendi que eu também poderia ter o mesmo destino naquela noite. Encontrariam o meu cadáver, com um maço de dinheiro e uma pílula misteriosa, e se perguntariam: Onde estávamos quando ele precisou de nós? Por que não o defloramos antes que ele morresse?

O homem se levantou e cambaleou na minha direção. Os ombros de seu casaco chegavam quase até os cotovelos, como se ele tivesse encolhido repentinamente; uma gravata roxa crescia de sua camisa; usava um chapéu pequeno com uma pena imunda presa em sua fita. Sentou-se bem à minha frente, murmurando um cumprimento. No centro de círculos cor de ameixa, suas pálpebras moviam-se devagar, como se decidisse a cada vez se deveria mesmo abrir os olhos. Virei-me para o balcão, fingindo procurar o barman. O sujeito resmungou e gaguejou, apontando para o bar, e eu assenti com a cabeça. Os sons gradualmente alcançaram a forma de frases completas, pontuadas por um ou outro ronco enfurecido ou a batida de uma das mãos na mesa. Eu não conseguia descobrir se ele estava irritado ou contente com a minha presença em seus domínios.

Uma garçonete plantou dois grandes canecos de cerveja espumante entre nós. Ela colocou a mão em meu ombro com cordialidade, perguntando aparentemente se eu estava bem. Era volumosa, o rosto parecia estofado, os bíceps maçudos; cheirava a bolos e biscoitos. O bêbado ergueu seu caneco e segurou-o à minha frente para um *tim-tim* até eu me render. Bebemos e limpamos a espuma de nossos lábios com as costas da mão. Ele suspirou com aprovação; eu exalei; fumamos e bebemos em silêncio.

Mais cerveja foi trazida. O homem resolveu se abrir comigo: inclinou-se para a frente e para trás, abanou as mãos com um escárnio ininteligível, apontou o dedo em várias direções e depois começou a chorar, as lágrimas escorrendo pelas faces cobertas com uma teia de vasos capilares.

– Está tudo bem – eu disse. – Tudo vai dar certo.

Mas ele apenas sacudiu a cabeça, parecendo não haver esperança ou alívio. A garçonete se aproximou, descarregou mais cerveja e limpou o rosto dele com seu pano de prato; ela parecia estar acostumada a limpar seu rosto banhado em lágrimas. A gravata do sujeito estava molhada de lágrimas; o bar estava escuro e vazio; eu estava bêbado, murmurando de vez em quando: "Tudo vai dar certo." Indiferente, a garçonete enxugava copos atrás do bar; o tempo passava em silêncio. *O que será do mundo quando você partir?* – Rimbaud escreveu. *Não importa o que aconteça, não restará nenhum vestígio de agora.* Então, comecei a chorar também.

Não sei por quanto tempo isso durou, mas quando deixei o Bar, a manga do meu casaco estava molhada de lágrimas e muco. Lembrava-me da garçonete limpando meu rosto ao menos uma vez com o pano rançoso, cheirando a água de lavagem de louça. Dei-lhe o que me pareceu uma grande fatia do dinheiro do freezer e ela trancou a porta quando saí. O homem ficou lá dentro, a cabeça cuidadosamente arriada em uma clareira da floresta de canecos de cerveja – ele talvez morasse lá. Quando saí para as ruas vazias de Murska Sobota, uma onda de euforia me percorreu. Aquilo era *experiência:* eu possivelmente havia perdido a cabeça e experimentado uma efusão espontânea de forte emoção; eu acabara de beber com um estranho nojento, como Rimbaud sem dúvida fizera em Paris um dia; eu acabara de dizer *Foda-se* para a vida responsável que meus pais haviam reservado para mim; eu acabara de passar uma temporada no submundo de Murska Sobota e saíra de lá banhado de suor e lágrimas; eu carregava uma pílula mágica no bolso. Eu precisava de alguém para me amar naquela noite.

Eu me vi em um parque impregnado do cheiro de esterco, palha de árvores em florescência e grama nova. No centro, havia uma estátua de cobre esverdeado de um revolucionário com um fuzil apontado para as copas escuras das árvores. Um homem com um chapéu de pele segurava uma coleira sob uma luz fraca enquanto seu setter irlandês corria em círculos com um amigo imaginário, parando de vez em quando para olhar esperançosamente para o dono. O chapéu de pele era da mesma cor castanho-avermelhada do cachorro e por um instante achei que o homem estivesse usando um filhote morto na cabeça. Logo além do alcance da luz, um casal se apalpava, as mãos enterradas um no outro.

Eu estava desistindo da minha esperança de encontrar amor quando, do outro lado da rua vazia, vi duas jovens de braços dados, ambas bem-vestidas com casacos compridos. Os saltos de seus sapatos soavam com estrépito conforme atravessavam a rua em minha direção; elas conversavam e davam risadinhas, os rostos maquiados, os cabelos orvalhados com um brilho inefável. Uma delas tinha um queixo fino e comprido, a outra tinha grandes olhos escuros. Elas atravessaram o parque com passos rápidos, evitando as bordas mal iluminadas. Quando alcançaram o lado mais iluminado da rua, eu as segui, mantendo-me no lado escuro. Elas deixaram o parque e dirigiram-se à rua principal, pela qual um caminhão-pipa se arrastava, dois homens de botas de borracha com mangueiras serpeantes nas mãos lavavam a rua. O asfalto brilhava, as mulheres cruzando com passinhos céleres os limites entre a área molhada e a seca. O jato forte de uma das mangueiras atingiu meus sapatos e encharcou-os de um jeito que, ao entrar no território seco, eu deixava pegadas molhadas para trás.

De repente, as duas mulheres pararam em frente à loja de eletrodomésticos e ficaram examinando o freezer impassível e iluminado. A mulher de queixo fino virou-se e olhou para mim. Em pânico, voltei-me para a vitrine de uma agência de viagens, com uma colagem tosca e desbotada de paisagens africanas exóticas, todas fotografadas de cima. As mulheres continuaram a andar, apressando o passo até ele entrar em compasso com as batidas do meu coração. Era impossível parar agora, pois estávamos presos nessa perseguição absurda. Elas viraram a esquina e eu corri atrás delas, pressentindo que devíamos estar atingindo nosso objetivo.

Depois da esquina, elas estavam paradas com um homem vestido de jeans, as mãos grandes como pás descansando displicentemente no ombro das mulheres, enquanto elas apontavam para mim, falando com grande vivacidade. Ele sorriu e me chamou, e por um momento insano achei que estavam me convidando para ir me divertir com eles, mas em seguida ele começou a correr de forma inequívoca para mim. Disparei à velocidade do medo em direção ao hotel; precipitei-me pela rua principal, chafurdando nas poças d'água. Mais leve que uma rolha de cortiça, segui dançando sobre as ondas. Não ousava me virar para ver onde estava o meu perseguidor, mas ouvia seus pés grandes batendo no chão ritmicamente atrás de mim. Aqueles pés sem dúvida iriam me golpear, se me alcançassem. Oh, o horror do seu corpo não corresponder à intensidade do seu medo – por mais rápido que eu quisesse correr, meus pés moviam-se devagar, escorregando algumas vezes. Eu tinha visões de sapatos pontudos perfurando minha pele, meu crânio, minhas costelas. Por fim, ele abandonou a perseguição, mas eu continuei correndo.

O Hotel Evropa emergiu à minha frente em uma rua inteiramente desconhecida. Encharcado até os ossos, empurrei e puxei a porta de entrada freneticamente, até que Franc, aterrorizante no meio do seu turno de vinte e quatro horas, destrancou-a para mim. Esgueirei-me para dentro, concentrando-me em cada passo para não parecer bêbado. Apertei o botão do elevador e esperei pacientemente, enquanto o meu centro de gravidade cavalgava a crista da onda de minha embriaguez. Eu teria esperado a noite inteira, pois não queria expor minha instabilidade, muito menos subir as escadas infinitas até o quinto andar, mas Franc berrou para mim, dizendo que o elevador já estava ali – de fato, a porta estava escancarada. Entrei em uma nuvem de perfume levemente misturado a suor e subi inspirando com força, como um bombeiro inalando oxigênio.

A chave recusava-se a entrar na fechadura, por mais que eu tentasse. Tudo estava errado: chutei a porta com o joelho, depois com o pé, e depois várias vezes, sem parar. Preciso dizer que doeu? Preciso dizer que a dor piorou tudo ainda mais? Preciso dizer que fiquei apavorado quando ouvi a fechadura girar, a porta se abriu e lá estava Elizabeth, frouxamente envolta em um penhoar, puxando as abas para cobrir os seios impossíveis de serem escondidos? Sua pele brilhava de sono, seus cachos estavam desfeitos, ela cheirava a sonhos.

– O que deseja? – foi provavelmente o que ela disse.

Eu provavelmente não disse nada ou apenas emiti um grunhido. Seu marido roncava tão alto que achei que ele fingia, o pobre covarde. Ela me olhou diretamente nos olhos; no fundo dos seus havia amor, o único antídoto àquele infame desespero. Tive vontade de segurar sua mão com anéis semelhantes a palácios adornados de joias, eu queria beijá-la, queria que ela deixasse o marido estertoroso, me deflorasse e me cultivasse no jardim da minha juventude. Tudo que eu precisava para induzir uma conflagração de nossos corpos quentes era do gesto certo, da palavra certa. Assim, eu disse:

– Pílula?

– Como? – ela disse.

Desencavei a pílula do meu bolso de moedas e a ofereci a ela na palma da minha mão – era minúscula no pedacinho de embalagem. Ela olhou para a pílula, perplexa, depois se virou como se verificasse se o marido inconsciente ainda dormia.

– O que foi, querida? – o marido gritou.

Eu rapidamente guardei a pílula de volta no bolso, enquanto o marido vinha para a porta. Elizabeth pôde ver que eu tinha consideração, que eu era um cavalheiro atencioso, apesar de tão jovem. Ela esboçou um sorriso quase imperceptível e compreendi que estávamos juntos agora. Assim, quando o marido chegou à porta, o pijama parecendo uniforme de beisebol, os cabelos desgrenhados, eu disse, da forma mais inocente possível:

– Talvez tenha pílula? Para cabeça? – Apontei para minha cabeça, para que não houvesse nenhuma confusão sobre de qual cabeça falávamos.

– Não, sinto muito – Elizabeth disse, começando a fechar a porta.

– Talvez aspirina?– continuei. – Uma aspirina? Aspirina...

Ela fechou a porta e trancou-a duas vezes. Obviamente, eu não dissera a palavra certa; estava muito bêbado e não havia considerado este desfecho. Achei que tivéssemos nos conectado, que a eletricidade começara a fluir entre nossos corpos trêmulos. Oscilando diante da porta cruel e desnecessariamente fechada, ergui a mão para bater e esclarecer para Elizabeth que, sim, eu estava apaixonado por ela, e que, não, eu não me importava que ela fosse casada. Não fiz isso; a porta estava definitivamente fechada. Eu os ouvi conspirando em murmúrios, como marido e mulher, e reconheci que o amor estava do outro lado e eu não tinha nenhum acesso a ele.

Mas a beleza da juventude é que a realidade nunca aplaca o desejo, de modo que depois de entrar no meu quarto eu deixei a porta entreaberta, para o caso de Elizabeth querer colocar o insípido marido para dormir e depois vir na ponta dos pés para o meu divertido refúgio. De vez em quando, eu espiava para fora, esperando ver sua porta se abrindo devagar, vê-la correndo libidinosamente para mim. Assim, eu espreitava quando Franc saiu a passos largos do elevador, parou à porta de Elizabeth, bateu cuidadosamente, fazendo meu coração enciumado desfalecer. Quando Elizabeth abriu a porta, trocaram sussurros entre si. Ela apontou para mim – pelo último momento de delírio, achei que ela o chamara para indagar sobre mim – e lá eu permaneci na fenda da porta, rindo como um cachorro feliz.

Franc avançou para mim e empurrou a porta, escancarando-a antes que eu pudesse trancá-la. Com um giro rápido da mão de seu quadril para o meu rosto, ele me esbofeteou. Minha face queimou, meus olhos se encheram de lágrimas ardentes. Recuei na direção da cama, até tropeçar e cair no chão. Franc me chutou e continuou me chutando sem parar: seus sapatos eram de bico fino e eu senti a ponta penetrando na carne de minhas nádegas e coxas, depois golpeando minhas costelas e cóccix. Encolhi-me no chão, cobrindo minha cabeça e rosto.

Houve muita dor naquele momento, meu corpo entorpecido e maltratado; os esforços e pontapés de Franc eram histéricos e, portanto, engraçados; o chão cheirava a óleo lubrificante. Ele não me chutou no rosto, como poderia ter feito. Não cuspiu em mim, mas no chão perto de mim. Não gritou comigo, apenas resfolegou e resmungou, porque a rápida saraivada de chutes não era fácil para ele; quando parou, ofegava. Ao sair, ele me disse calmamente que se ouvisse sequer um pio de mim, iria me reduzir a uma polpa, me arrastar pelas orelhas e me jogar no meio da rua, deixar a polícia se divertir comigo a noite toda. Franc era um homem bom, ainda que desagradável. Ele até mesmo fechou a porta, cuidadosamente, devagar.

Fiquei ali deitado na escuridão, incapaz de me mover, até adormecer. As luzes fluorescentes do corredor zumbiam; o elevador dava pancadas surdas ao subir e ao descer. Sonhei com guerra, com poder e direito, com lógica absolutamente imprevisível. Acordei desejando estar em casa: haveria o cheiro de torradas, da loção pós-barba do meu pai e do xampu de banana que minha irmã gostava de usar. Haveria a previsão do tempo no rádio (meus pais gostavam de saber o futuro), minha irmã fazendo beicinho porque não podia ouvir seu programa de música. Eu entraria e zombeteiramente me submeteria ao beijo de minha mãe. O café da manhã estaria pronto.

Levantei-me – a dor começando a se manifestar – e desembrulhei o sanduíche de frango e pimentão de minha mãe; estava passado, o pimentão mole e amargo. Acendi as luzes, encontrei meu caderno e depois de dar uma mordida no sanduíche e fitar a página em branco por um longo tempo, escrevi um poema que intitulei "Amor e obstáculos". Os primeiros versos foram: *Há paredes entre o mundo e mim,/ e tenho que atravessá-las.*

Na manhã seguinte, acordei com o corpo dolorido e machucado. Fui à loja e entreguei o dinheiro a Stanko. Ele tinha uma barba de palha de aço e as veias e tendões eram saltados em suas mãos, enquanto ele contava e recontava o dinheiro. Faltavam alguns dinares e eu lhe disse que havia sido roubado no trem; dois criminosos descarados haviam esvaziado meus bolsos, mas não conseguiram encontrar o resto do dinheiro em minha bolsa. Stanko fitou-me demoradamente até acreditar na minha história, depois sacudiu a cabeça, abismado com um mundo que rouba de seus filhos. Fez uma anotação no formulário à sua frente e mostrou-me onde assinar. Apertou minha mão enérgica e calorosamente, aparentemente me felicitando pela compra. Quando me ofereceu um cigarro, aceitei e pedi mais um. Fumamos examinando o freezer. Stanko parecia orgulhoso dele, como se ele próprio o tivesse criado. Era impressionante: enorme, esplendorosamente branco e semelhante a um caixão em seu interior vazio; cheirava a morte limpa, abaixo de zero. Deveria ser entregue em nossa casa dentro de duas ou três semanas, ele disse, e se não chegasse, deveríamos ligar para ele.

Dormi no ônibus e dormi no trem noturno, acordando apenas quando minha barriga começava a roncar, quando meu corpo enrijecia e começava a doer de novo. Eu não tinha dinheiro para comprar comida, e ficava relembrando o sanduíche de frango com pimentão e seu cheiro maravilhoso. A aurora surgiu sobre a Terra; fazia um frio gélido em minha cabine. Vi um cavalo pastando sozinho em um campo, inexplicavelmente envolvido em náilon; um bosque que parecia um cemitério de lápides de palitos; nuvens no horizonte, cheias de uma eternidade de lágrimas. Quando cheguei em casa, sujo da viagem, o café da manhã me esperava.

No mesmo dia, minha mãe lavou as calças jeans que eu usara em Murska Sobota, com a pílula se desintegrando no bolso – não restou nada além de um pedacinho de papel aluminizado e plastificado. O freezer chegou dezessete dias depois. Nós o enchemos até a borda: vitela e porco, cordeiro e carne bovina, frango e pimentões. Quando a guerra começou na primavera de 1992 e a eletricidade da cidade de Sarajevo foi cortada, tudo que estava no freezer descongelou, estragou em menos de uma semana e por fim pereceu.

O maestro

Na *Antologia da poesia bósnia contemporânea*, de 1989, Muhamed D. foi representado com quatro poemas. Meu exemplar da antologia desapareceu durante a guerra e eu não consigo me lembrar dos títulos, mas me lembro dos temas: um deles era sobre todos os minaretes de Sarajevo se acendendo simultaneamente ao pôr do sol em um dia do Ramadã; outro era sobre o surdo Beethoven regendo sua *Nona sinfonia*, alheio à ovação da plateia até o contralto tocar em seu ombro e virá-lo para o público. Eu tinha vinte e poucos anos quando o livro foi lançado e escrevia poesia compulsivamente todos os dias. Comprei a antologia para ver onde eu me encaixaria na plêiade de poetas bósnios. Achei os poemas de Muhamed D. bobos e falsos; o uso que fazia de Beethoven me pareceu pretensioso e seu misticismo estranho às minhas próprias afetações de rock 'n' roll. Mas em uma das poucas resenhas literárias que a antologia recebeu, o crítico se desmanchou em elogios, com uma sintaxe torturada por lugares-comuns, sobre o alcance das habilidades poéticas de Muhamed D. e a coragem que ele demonstrara em renunciar à primitiva tradição bósnia em troca de formas mais modernas. "Não só Muhamed D. é o maior poeta bósnio vivo", disse o crítico, "como é o único que está realmente vivo."

Eu não conseguira publicar nenhuma das minhas poesias – nem jamais conseguiria – mas me considerava um poeta muito melhor, muito mais expressivo do que Muhamed D. Eu havia escrito mil poemas em menos de dois anos e de vez em quando descarregava esses fragmentos nos manuscritos de um livro que enviava a diversos concursos. Posso confessar, agora que já faz muito tempo que parei de escrever poesia, que eu nunca realmente compreendi o que escrevia. Eu não sabia sobre o que eram meus poemas, mas acreditava neles. Gostava dos títulos ("Peter Pan e as lésbicas", "Amor e obstáculos" etc.) e sentia que eles alcançavam uma esfera de inocência e experiência humanas que era impenetrável, até mesmo para mim. Eu demorava a mostrá-los a outra pessoa; esperava para que os leitores evoluíssem, imagino, ao ponto em que entenderiam os amplos espaços do meu ego.

Conheci Muhamed D. em 1991, em um café chamado Dom Pisaca, ou Clube dos Escritores, ao lado dos escritórios da Associação Bósnia de Escritores. Ele era baixo e atarracado, repentinamente calvo aos quarenta e poucos anos, a expressão permanentemente congelada em uma carranca ameaçadora. Apertei sua mão sem entusiasmo, mal disfarçando meu desdém. Ele falava com as inflexões claras e provincianas de Travnik, sua cidade natal, e estava equivocadamente vestido com uma camisa marrom, calças marrons e uma espalhafatosa gravata verde. Eu era um rapaz urbano, vestido com estilo, todo jeans e camiseta, nascido e criado no mais puro concreto, saltando vogais e arrastando minhas consoantes de uma forma que não pode sequer ser imitada por alguém que não tenha crescido inalando o ar poluído de Sarajevo. Ele me ofereceu um lugar à sua mesa e eu me uni a ele, juntamente com diversos dos outros veteranos da antologia, todos com os ares sofredores do sublime, como se estivessem para sempre aprisionados nos soberbos domínios da poesia.

Por alguma razão insana, Muhamed D. me apresentou a eles como regente de uma orquestra filarmônica. Minhas objeções foram abafadas quando os outros poetas começaram a berrar a "Ode à alegria", gesticulando como maestros, e eu fui instantaneamente apelidado de "Regente" – Maestro – tornando-me assim segura e permanentemente marcado como um não poeta. Parei de tentar corrigir o equívoco assim que percebi que não fazia diferença: meu papel era apenas servir de plateia a sua grandiosidade embriagada e antológica.

Muhamed D. sentou-se à cabeceira da Mesa, governando com confiança enquanto eles tagarelavam, arengavam, cantavam canções sentimentais e levavam suas vidas de boêmios, bebendo desbragadamente sua cerveja ambrosíaca. Eu ocupei a cadeira do canto, testemunhando e esperando, sonhando afrontas que eu jamais diria, alimentando minha arrogância enquanto ansiava ser aceito por eles. Mais tarde naquela mesma noite, Muhamed D. insistiu para que eu explicasse a notação musical.

– Como você lê aqueles pontos e bandeirolas? – ele perguntou. – E o que realmente faz com a batuta?

Embora eu não tivesse a menor ideia, tentei inventar algumas explicações lógicas, ainda que somente para expor sua ignorância, mas ele apenas sacudiu a cabeça, desanimado. Quase toda noite que eu passava à Mesa, havia um ponto que eu não conseguia esclarecer aos poetas sobre como a música era escrita, desse modo confirmando sua suposição inicial de que eu era um péssimo maestro, mas um sujeito engraçado. Eu me perguntava como Muhamed D. podia escrever um poema sobre Beethoven ignorando completamente como o maldito sistema de notação funcionava.

Mas os poetas gostavam de mim e eu esperava que algumas das bonitas alunas de literatura que frequentemente lhes serviam de musas inspiradoras gostassem de mim também. Eu me interessava particularmente por três delas: Aida, Selma e Ljilja, todas as quais pronunciavam suaves consoantes fazendo beicinho com os lábios úmidos, emitindo uma energia que provocava ereções instantâneas. Eu sempre tentava levar ao menos uma delas para longe da Mesa, para poder impressioná-la com uma declamação de "Amor e obstáculos". Não raro, eu ficava suficientemente bêbado para me ver cantando uma *sevdalinka* aos berros, enviando olhares significativos na direção das três musas e imitando gestos de regência para seu divertimento, enquanto uma visão estonteante em que eu me deitava com as três simultaneamente cintilava em meu horizonte. Mas nunca funcionou: eu não sabia cantar, minha interpretação de um maestro era ridícula, nunca recitei nenhum dos meus poemas, nunca sequer fui publicado e, em vez disso, tinha que ouvir Muhamed D. cantando sua *sevdalinka* com uma voz trêmula que abria mundos de sombras permanentes, onde reinava a tristeza e onde a mera visão da nuca de uma mulher provocava enlouquecedores arroubos de desejo. Os olhos das musas da literatura enchiam-se de lágrimas e ele podia escolher qualquer voluntária que quisesse para diverti-lo o resto da noite. Eu cambaleava de volta para casa sozinho, compondo um poema que mostraria a todos eles que Muhamed D. não me impressionava, que eu iria fazer Aida, Selma e Ljilja se arrependerem de nunca terem me deixado tocá-las. Eu me louvava e celebrava em versos pelas ruas desertas de Sarajevo e quando finalmente abria a porta e me enfiava sorrateiramente na cama sem acordar meus apoéticos pais, eu tinha uma obra-prima, tão fabulosa e memorável que não me dava ao trabalho de escrevê-la. Na manhã seguinte, acordava com a pele exsudando um suor alcoólico e pegajoso e uma presunçosa obra-prima para sempre desaparecida de minha mente. Então, eu iniciava uma furiosa série de poemas anárquicos e sem rimas, ridicularizando Muhamed D., a Mesa e as musas em indecifráveis palavras codificadas. Imaginava o dedicado erudito que, um dia, após décadas explorando meus manuscritos e anotações, decodificaria os versos e reconheceria o quanto eu havia sido tragicamente incompreendido e pouco apreciado. Depois de escrever o dia inteiro, eu corria para o Clube dos Escritores e iniciava todo o processo outra vez.

Certa noite, Muhamed D. recitou um novo poema chamado "Sarajevo", sobre dois garotos (*sabiamente mascando chicletes,/ engolindo palavras de menta*) caminhando pelas ruas com uma bola de futebol (*Eles arremessam a bola através da neve, para o outro lado da rua Mis Irbina / como se lançassem uma granada para o outro lado do Lete*). Acidentalmente, eles deixam a bola cair no Miljacka, e a bola flutua até ficar presa em um redemoinho. Eles tentam recuperá-la com um truque que eu já havia usado, há muito tempo, com a minha própria bola perdida: um engradado é amarrado a uma corda que vai de uma margem à outra e os garotos de cada lado do rio seguram as pontas da corda, manipulando-a até que a bola seja apanhada. Muhamed D. os observa de uma ponte:

Para qualquer lado que eu vá agora, chegarei à outra margem.
Velho, eu já não sei o que eles sabem: como recuperar
o que deve ficar perdido. Na superfície do rio,
um floco de neve atrás do outro fenece.

Ele começou sua declamação com uma voz sussurrante, subindo uma onda de estrangulamentos iâmbicos e cesuras calculadas até estrondosas alturas orgásmicas, de onde retornou a um sussurro e depois parou completamente, a cabeça abaixada, os olhos fechados. Parecia ter adormecido. A Mesa ficou em silêncio, as musas fascinadas. Então, eu disse:

– Isso é velho, porra. Quantos anos você tem agora? Cem?

Desconfortáveis com o silêncio, sem dúvida tão invejosos quanto eu estava, o resto da Mesa desatou a rir, batendo a mão espalmada nos joelhos. Senti a solidariedade em escarnecer de Muhamed e pela primeira vez achei que seria lembrado por outra coisa que não a regência – seria lembrado por ter tornado Muhamed velho. Ele sorriu para mim com benevolência, já perdoando. Mas naquela mesma noite, todos na Mesa começaram a chamá-lo de "Dedo" – Velho.

Isso aconteceu pouco antes da guerra, em tempos relativamente róseos, quando estávamos eufóricos com a iminência de desastre – bebíamos e ríamos e experimentávamos novas formas poéticas até altas horas da noite. Tentávamos manter a guerra longe da Mesa, mas de vez em quando um nascente patriota sérvio começava a arengar sobre a extinção da cultura de seu povo, quando então Dedo, com seu recém-adquirido status de mais velho, realmente o massacrava com uma sequência de insultos e imprecações cuidadosamente combinadas. Inevitavelmente, o nacionalista declarava que Dedo era um islamofascista e saía indignadamente pela porta afora para nunca mais voltar, enquanto nós, os idiotas, ríamos desbragadamente. Sabíamos – mas não queríamos reconhecer – o que iria acontecer, o céu se abatendo sobre nossas cabeças como a sombra de um piano caindo em um desenho animado.

Por volta dessa época, encontrei uma maneira de vir passar uma temporada na América. Nas semanas antes de partir, vaguei pela cidade, rondando os territórios do meu passado: naquele lugar, eu havia tropeçado e quebrado meus dois dedos indicadores; eu estava sentado neste banco quando pela primeira vez enfiei a mão dentro do sutiã apertado de Azra; lá estava o quiosque onde eu havia comprado meu primeiro maço de cigarros (Chesterfields); aquela era a cerca que fizera uma cicatriz em minha coxa quando eu a pulava; naquela biblioteca, eu retirara pela primeira vez um exemplar de *O anão de um país esquecido;* nesta ponte, Dedo ficara parado, observando os garotos recuperarem a bola, e um desses garotos poderia ter sido eu.

Por fim selecionei, relutantemente, alguns dos meus poemas para mostrar a Dedo. Encontrei-o à Mesa certa tarde, bem cedo, antes que qualquer outra pessoa chegasse. Entreguei-lhe os poemas e ele os leu, enquanto eu fumava e observava a neve suja e meio derretida salpicar as vidraças, depois escorregar para baixo devagar.

– Você devia ficar com a regência – ele disse finalmente, e acendeu um cigarro. Suas sobrancelhas pareciam pequenos cometas hirsutos. A clareza do seu olhar foi o que me magoou. Esses poemas foram ditos na voz dos profetas pós-modernos do Antigo Testamento, eram os gritos de indivíduos atormentados cujas almas estavam sendo dilapidadas pela praga da implacável modernidade. Seria possível, meus poemas perguntavam, manter a realidade do eu de uma pessoa neste mundo cruelmente irreal? A própria incongruência da poesia era testemunha da desintegração da humanidade etc. Mas, naturalmente, não expliquei nada disso. Fitei-o com olhos lacrimejantes, implorando compaixão, enquanto ele criticava minha métrica desleixada e o frio egocentrismo que era exatamente o oposto de alma.

– Um poeta está unido a tudo – ele disse. – Você está em toda parte, portanto nunca está sozinho.

Em toda parte o cacete – meus olhos secaram-se e com um ar de triunfante racionalismo arranquei minha poesia de suas mãos e o deixei na poeira de sua ontologia neorromântica. Mas lá fora – lá fora atirei esses proféticos poemas, os documentos básicos de minha vida, em uma grande lixeira aberta. Nunca mais voltei à Mesa, nunca mais escrevi poesia e alguns dias depois deixei Sarajevo para sempre.

Minha história é maçante: eu não estava em Sarajevo quando a guerra começou; senti-me impotente e culpado vendo a destruição da minha cidade natal na TV; eu vivia nos Estados Unidos. Dedo, é claro, ficou lá para o cerco – se você é o maior poeta vivo da Bósnia, se você escreve um poema chamado "Sarajevo", então tem o dever de ficar. Pensei em voltar a Sarajevo no começo da guerra, mas compreendi que eu não era nem nunca seria necessário lá. Assim, eu lutava para ganhar a vida, enquanto Dedo lutava para se manter vivo. Por muito tempo, não ouvi nada sobre ele e, para dizer a verdade, não investiguei realmente – eu tinha muitas outras pessoas com que me preocupar, a começar comigo mesmo. Mas de vez em quando algumas notícias sobre ele chegavam até mim: ele assinara algumas petições; por alguma razão, ele escreveu uma carta aberta ao papa; para uma plateia de entediados diplomatas ocidentais, ele declamou "Relato de uma cidade sitiada", de Herbert (*Velho demais para carregar armas e lutar como os outros –/ eles amavelmente me deram o papel inferior de cronista*). Certa vez, ouvi dizer que ele havia sido morto; um jornal apressado chegou até mesmo a publicar um obituário. Mas verificou-se que ele fora apenas ferido – ele voltara do outro lado do Lete com uma bala na coxa – e escreveu um poema sobre isso. O jornal que publicou o registro de óbito publicou o poema também. Previsivelmente, chamou-se

"Ressurreição". Nele, Dedo caminha pela cidade como um fantasma, após o cerco, mas ninguém se lembra dele, e ele lhes diz:

Não se lembram de mim? Sou aquele
Que levou para cima as suas caixas de munição ensanguentadas,
Que deslizou a mão pegajosa por baixo da saia da viúva.
Que lamentou com canções de pesar,
Que se manteve vivo quando tolos estavam dispostos a morrer.

Então, ele encontra a si mesmo após o cerco, *o mais velho dos velhos,* e diz a si mesmo, aludindo a Dante, *Não sabia que a morte havia desfeito a tantos.* Era um poema de dilacerar a alma, e eu o odiei por isso: ele o escrevera praticamente em seu leito de morte, sem nenhum esforço aparente, enquanto o ferimento em sua coxa latejava de pus. Tentei traduzi-lo, mas nem meu inglês, nem meu bósnio eram suficientemente bons.

E ele continuou escrevendo como um maníaco, como se sua vida ressurreta devesse ser inteiramente entregue à poesia. Poemas, mimeografados em papel grosseiro, encadernados em um frágil livreto, foram-me enviados por amigos de que há muito tempo não ouvia falar, trazendo o cheiro (e os microorganismos) das muitas mãos que os haviam tocado em seu caminho para fora da Sarajevo sitiada. Havia, naturalmente, imagens de morte e destruição: cachorros dilacerando a garganta um do outro; um garoto rolando pela rua acima o corpo de um homem morto com um tiro de fuzil, quase como Sísifo; um cirurgião reconstituindo o rosto de sua mulher depois de ter sido destruído por um estilhaço, uma parte da bochecha faltando, no lugar exato em que ele costumava plantar seu beijo de boa-noite; amontoados de membros amputados sendo incinerados no forno de um hospital, o poeta enfrentando o *inferno de brinquedo*. Mas também havia poemas diferentes, e não sei precisar exatamente a diferença: um garoto chuta uma bola de futebol para cima de modo que ela aterrissa na sua nuca e ele a equilibra ali; uma jovem traga o cigarro e prende a fumaça nos pulmões enquanto sorri, tudo parando naquele momento: *Nenhuma bala traçante iluminando o céu, / nenhuma dor na minha coxa rasgada / nenhum som;* um maestro estrangeiro pendura-se em uma corda, como uma aranha hábil, acima de sua orquestra que toca a *Eroica* em um edifício destruído pelo fogo. Devo confessar que acreditei por um instante que era eu o maestro, que eu fazia parte do mundo de Dedo, que algo de mim permanecia em Sarajevo.

Ainda assim, viver afasta falsos sentimentos. Eu tinha que continuar com minha vida americana, mantendo Dedo fora dela, ocupando-me com a sobrevivência local, arranjando empregos, entrando na pós-graduação, fazendo sexo. Muito de vez em quando, eu soltava o poder de suas palavras sobre alguma americana sensível. A primeira foi Cheryl, a fútil mulher de um advogado de Barrington, que eu conheci em um jantar beneficente para a Bósnia que ela teve a gentileza de organizar. Ao menos um bósnio precisava se beneficiar do jantar beneficente, e assim ela me localizou através de um amigo, um especialista em estudos de deficiência com quem eu lera um artigo em um congresso regional da MLA. Cheryl foi generosa além do jantar; antes de voltar para Barrington, eu a levei ao meu minúsculo estúdio – um monumento às dificuldades da imigração, com seu colchão afundado, cortinas de chuveiro mofadas e um baterista insone no apartamento ao lado. Recitei os poemas de Dedo para ela, fingindo que eram meus. Ela gostou particularmente de um sobre o homem caminhando, durante uma trégua da artilharia, com seu galo na coleira, *uma alma presa a um animal moribundo*. Então, afastei os cachos de permanente de sua testa para poder beijá-la e lentamente a despi. Cheryl contorceu-se em meus braços, beijou-me com uma paixão pegajosa, ergueu os quadris e gemeu de prazer, como se a intensidade de seu orgasmo fosse socorrer diretamente a resistência bósnia. Não pude deixar de pensar, no final, que ela estava trepando com Dedo, pois foram suas palavras que a haviam seduzido. Mas eu peguei o que estava sendo oferecido e depois rolei para fora e entrei na escuridão da minha vida real.

Após a caridosa Cheryl, fiquei um pouco envergonhado e durante algum tempo não conseguia olhar a poesia de Dedo. Terminei a pós-graduação; vendi meus contos; eu era um escritor agora. E em algum momento ao longo do caminho, a guerra terminou. Na turnê de lançamento do meu livro, eu viajei pelo país, lendo para pequenos públicos, falando da Bósnia a uma mistura de estudantes de relações internacionais e de línguas eslavas meridionais, simplificando o incompreensível e temendo o tempo todo que algum leitor enfurecido se levantasse e me denunciasse como uma fraude, como alguém que não tinha nenhum talento – e portanto nenhum direito – para falar do sofrimento dos outros. Isso nunca aconteceu: eu era bósnio, parecia e agia como um bósnio, e todos estavam satisfeitos em achar que eu estava em constante e ininterrupta comunicação com a alma atormentada de minha terra natal.

Em uma dessas leituras, conheci Bill T., um professor de línguas eslavas. Ele parecia falar todas, inclusive bósnio, e estava traduzindo o livro mais recente de Dedo. Com o rosto vermelho, barba longa e encaracolada, corpo atarracado e vigoroso, Bill parecia um viking. Sua ferocidade era assustadora, de modo que eu imediatamente o lisonjeei, dizendo o quanto era incomensuravelmente importante ter a poesia de Dedo traduzida para o inglês. Saímos para beber, e Bill T. também bebeu como um verdadeiro viking, enquanto detalhava a saga de suas aventuras em terras eslavas: um mês com pastores nas montanhas da Macedônia; um ano ensinando inglês na Sibéria; suas entrevistas com veteranos do Solidarnosz; as canções eslovenas de carnaval que havia gravado. Ele também passara alguns anos, sem nenhuma razão específica, na Guatemala, Honduras e Marrakech. O sujeito já estivera em toda parte, fizera de tudo e, quanto mais bêbado eu ficava, mais impressionante ele me parecia, e menos eu tinha a dizer.

Isso aconteceu em Iowa City, acho eu. Acordei na manhã seguinte no sofá de Bill T. Minhas calças estavam estendidas sobre a mesinha de centro. Ao longo das paredes, viam-se empoeiradas pilhas de livros. Na luminária acima de mim, eu podia ver a silhueta de moscas mortas. Um garoto ruivo com um bigode ralo estava sentado no chão ao lado do sofá, fitando-me com olhos enormes.

– O que está fazendo aqui? – o garoto perguntou calmamente.

– Na verdade, não sei – eu disse, e me sentei, expondo minhas coxas nuas. – Onde está Bill?

– Saiu.

– Onde está sua mãe?

– Ocupada no momento.

– Qual é o seu nome?

– Ethan.

– Prazer em conhecê-lo, Ethan.

– Igualmente – Ethan disse. Em seguida, agarrou minhas calças e atirou-as em mim.

Foi quando eu descia indolentemente a rua margeada de tílias, onde as pessoas me cumprimentavam de suas varandas ensolaradas e esquilos robustos corriam para cima e para baixo nas árvores – foi então que a história que Bill me contara na noite anterior sobre Dedo me atingiu em cheio e eu tive que me sentar no meio-fio para lidar com ela.

Dedo viera a Iowa City, Bill dissera, para o International Writing Program, por doze semanas. Bill arranjara tudo e se ofereceu para hospedar Dedo no quarto em cima de sua garagem. Dedo chegou com uma pequena mochila, emaciado e exausto, com o inglês que aprendera ao traduzir Yeats e uma garrafa grande de Jack Daniel's que havia comprado no duty-free. Na primeira semana, ele se trancou em cima da garagem e bebeu sem parar. Todo dia, Bill batia em sua porta, implorando-lhe que saísse, para conhecer o reitor e a faculdade, para misturar-se às pessoas. Dedo recusava-se a abrir a porta e por fim parou completamente de responder. Finalmente, Bill arrombou a porta e o quarto era uma bagunça surrealista: Dedo nunca dormira na cama e ela estava inexplicavelmente molhada; havia pegadas monstruosas, avermelhadas, por toda parte, porque Dedo havia aparentemente quebrado a garrafa de Jack Daniel's, depois pisado por toda parte. Uma caixa de biscoitos fora aberta e os biscoitos haviam sido esmagados, mas não comidos. Na lixeira, havia dezenas de latas de patê de fígado Podravka, limpas e depois enchidas com tocos de cigarro. Dedo estava dormindo no chão, no canto mais distante da janela, de cara para a parede.

Eles o submeteram a sucessivos banhos frios; limparam-no e arejaram o quarto; praticamente o forçaram a comer. Por mais uma semana, ele se recusou a colocar o nariz para fora do quarto. E depois, Bill disse, ele começou a escrever. Ele não dormiu por uma semana, entregando poemas logo pela manhã, exigindo traduções à tarde. "Os poetas americanos costumavam ser assim", Bill disse sonhadoramente. "Agora, tudo que fazem é ensinar, reclamar e trepar com as alunas às escondidas."

Bill cancelou suas aulas e dedicou-se à tradução dos poemas de Dedo. Era como entrar no olho do furacão todos os dias. Em certo poema, Bill disse, uma abelha pousa na mão de um franco-atirador e ele espera até que a abelha o pique. Em outro, Dedo vê uma laranja pela primeira vez desde que o cerco à cidade começou, e não tem certeza do que há dentro dela – se as laranjas mudaram durante o tempo que passou longe do mundo; quando finalmente a descasca, o aroma o embriaga. Em outro, Dedo está correndo pela Avenida dos Franco-atiradores e uma mulher lhe diz que seu sapato está desamarrado; com perfeita clareza de propósito, com o derradeiro respeito pela morte, ele se abaixa para amarrá-lo e o tiroteio para, pois até mesmo os assassinos apreciam um mundo ordeiro. "Eu não conseguia acreditar", Bill disse, "que tudo aquilo pudesse sair daquele pandemônio."

No final da terceira semana, Dedo fez uma apresentação. Com uma caneca de uísque na mão, ele bradou e sibilou seus versos para o público, sacudindo um dedo trêmulo. Depois da leitura, Bill adiantou-se e leu as traduções devagar e serenamente, com sua grave voz de viking. Mas a plateia ficou confusa com a hostilidade de Dedo. Aplaudiram educadamente. Mais tarde, professores e alunos aproximaram-se dele para perguntar sobre a Bósnia e convidá-lo a almoços. Ele visivelmente os detestava. Ele só se animou quando percebeu que tinha chance de levar para a cama uma das alunas da pós-graduação, disposta a abrir a mente a "outras culturas". Ele foi embora na semana seguinte, direto de volta à cidade sitiada, enojado da América depois de menos de um mês.

Nos anos que se seguiram à guerra, somente um ou outro boato chegou até mim: Dedo sobrevivera a um grave ataque cardíaco; ele fez um acordo com o médico de que pararia de beber, mas continuaria a fumar; ele lançara um livro baseado nas conversas com sua jovem sobrinha durante o cerco. E depois – isso foi noticiado em toda a Bósnia – ele se casara com uma advogada americana, que trabalhava na Bósnia reunindo provas de crimes de guerra. Os jornais expressaram surpresa com o romance internacional: ele a cortejara declamando e escrevendo poesia; ela o levara aos locais de covas coletivas. Uma foto de seu casamento mostrava que ela era trinta centímetros mais alta do que ele, uma mulher bonita de quarenta e poucos anos, com um rosto comprido e cabelos curtos. Ele, em consequência, produziu um livro de poemas intitulado *A anatomia do meu amor*, apresentando muitas partes do corpo dela, notavelmente saudável. Havia poemas sobre o peito de seu pé e o calcanhar, a axila e os seios, a parte inferior das costas e o tamanho dos olhos, as rótulas dos joelhos e as ondulações de sua espinha dorsal. Seu nome era Rachel. Soube que haviam se mudado para os Estados Unidos – seguindo o corpo dela, ele acabou em Madison, Wisconsin.

Mas não quero dar a impressão de que eu pensava muito nele ou mesmo com frequência. Da mesma maneira que nunca nos esquecemos de uma canção da infância, e a ouvimos mentalmente de vez em quando – era assim que eu me lembrava dele. Ele estava bem fora de minha vida, um horizonte passado, visível apenas quando o céu do presente estava particularmente límpido.

Como na manhã sem nuvens de 11 de setembro de 2001, quando eu estava em um avião para Washington D.C. A aeromoça era virginalmente loura. O homem sentado ao meu lado tinha um anel de proporções bíblicas no dedo mindinho. A mulher à minha direita estava imensamente grávida, espremida em um vestido vermelho apertado. Eu, é claro, não fazia a menor ideia do que estava acontecendo – o avião simplesmente aterrissou em Detroit e nós desembarcamos. As Torres Gêmeas desmoronavam simultaneamente em cada tela do aeroporto irreal; o pessoal da manutenção chorava, apoiado em suas vassouras; meninas adolescentes gritavam em seus telefones celulares; pilotos desamparados sentavam-se em portões fechados. Vaguei pelo aeroporto, relembrando os versos do poema de Dedo: *Vivo, estarei, quando todos estiverem mortos. / Mas não haverá nenhuma alegria nisso, pois todos eles / destruídos pela morte precisam passar / por mim para chegar ao inferno.*

Enquanto os Estados Unidos se assentavam em sua forma de vulgaridade patriótica, comecei a ficar desesperado, pois tudo me fazia lembrar a Bósnia de 1991. A Guerra ao Terror levou-me ao ponto de escrever poesia outra vez, mas eu não me deixei levar. No entanto, continuei a ter discussões imaginárias com Dedo, alternadamente lhe explicando por que eu tinha que escrever e por que eu não deveria escrever poesia, enquanto ele tentava me dissuadir de escrever ou me convencer que era meu dever. No entanto, no inverno passado, fui convidado a fazer uma leitura em Madison e hesitantemente aceitei. Dedo era a razão tanto para a hesitação quanto para a aceitação, pois me disseram que ele seria um dos outros apresentadores.

Assim, lá estava eu, entrando no enorme auditório da universidade. Reconheci Dedo na multidão pela estatura notavelmente baixa e pelo topo careca de sua cabeça, refletindo as luzes do palco. Ele estava mudado: perdera peso; tudo nele, dos membros às roupas, parecia mais velho e mais surrado; ele limpou as mãos na calça de veludo cotelê, relanceando os olhos nervosamente para as pessoas à sua volta. Ele estava obviamente morrendo de vontade de fumar e eu podia ver que não estava bêbado o suficiente para apreciar as atenções voltadas para ele. Ele me era muito familiar, muito relacionado a tudo que eu conheci em Sarajevo: a vista da minha janela; o sino do bonde do amanhecer; o cheiro do nevoeiro poluído em fevereiro; o modo como os lábios se moldam quando as pessoas pronunciam as suaves consoantes eslavas.

– Dedo – eu disse. – *Šta ima?*

Ele virou-se bruscamente para mim, como se eu o tivesse acordado, e não sorriu. Não me reconheceu, é claro. Foi um momento penoso, já que o passado tornou-se tanto imaginário quanto falso, como se eu nunca tivesse vivido ou amado. Mesmo assim, me apresentei, contei-lhe como costumávamos beber juntos no Clube dos Escritores; como ele costumava cantar maravilhosamente; o quanto eu me lembrava daqueles tempos. Ainda assim, ele não conseguiu se lembrar de mim. Continuei com as lisonjas: eu havia lido tudo que ele escrevera; eu o admirava e, como compatriota bósnio, tinha muito orgulho dele – eu tinha certeza de que um prêmio Nobel estava a caminho. Ele gostou de tudo que eu disse, ficou balançando a cabeça com aprovação, mas eu continuei a não existir em sua lembrança. Eu lhe disse, por fim, que ele costumava achar que eu era um maestro.

– *Regente!* – exclamou, sorrindo finalmente, e então eu emergi para a luz. Ele me abraçou, embaraçosamente pressionando a face contra meu peito. Antes que eu pudesse lhe dizer que eu nunca fora maestro e continuava não sendo, fomos chamados ao palco. Ele tinha cheiro de fruta podre, como se sua carne tivesse fermentado; ele subiu as escadas com uma postura curvada. No palco, servi-lhe um copo de água gelada e, em vez de me agradecer, ele disse:

— Sabe, escrevi um poema sobre você.

Não gosto de ler diante de uma plateia porque tenho consciência do meu sotaque e fico imaginando algum ouvinte americano reunindo minhas gafes de pronúncia, rindo sorrateiramente das minhas frases emboladas. Li cuidadosamente, devagar, evitando diálogo, e eu sempre lia a mesma passagem. Normalmente, faço isso como um robô — apenas leio sem sequer pensar no que estou lendo, meus lábios se movendo, porém minha mente em outro lugar. Assim foi dessa vez: senti o olhar de Dedo em minhas costas; pensei em suas lembranças equivocadas de mim, regendo uma orquestra inexistente; perguntava-me sobre o poema que ele escrevera a meu respeito. Não podia ser o poema com o maestro-aranha, pois certamente ele sabia que eu não estava em Sarajevo durante o cerco. Quem eu era em seu poema? Eu teria forçado os músicos a irem além de si mesmos, a produzir uma beleza sublime em instrumentos desafinados? O que tocávamos? A *Nona* de Beethoven? *A sagração da primavera*? *Morte e transfiguração*? Eu certamente não estava conduzindo bem o público de Madison. Aplaudiram debilmente, tendo todos saído depois do primeiro ou segundo parágrafo, e eu debilmente agradeci. "Muito bom", Dedo disse quando me arrastei de volta para meu lugar, e eu não soube dizer se ele estava sendo generoso ou se ele apenas não tinha a menor ideia do quanto aquilo fora realmente ruim.

Dedo mal era visível atrás do leitoril. Inclinando o microfone para baixo como uma horrível flor murcha, anunciou que ia ler alguns poemas traduzidos para o inglês por seu "anjo de mulher". Ele começou com um registro bem grave; em seguida, o timbre de sua voz foi se erguendo firmemente até estrondar.

Suas vogais eram planas, nenhum ditongo audível; suas consoantes eram fortes, consonantes ao máximo; nenhum *r* era vibrado. Seu sotaque era terrível e eu fiquei feliz em descobrir que seu inglês era muito pior do que o meu. Mas o desgraçado prosseguiu contundentemente com seus versos, sem se deixar inibir por nenhum constrangimento. Ele atirava os braços em todas as direções como um verdadeiro maestro; apontava o dedo para a plateia e batia o pé, aproximando-se e afastando-se do microfone, enquanto duas jovens negras na primeira fila seguiam o ritmo de seu balanço. Então, ele leu como se quisesse seduzi-las, sussurrando, devagar:

> *Ninguém é velho, não mais – mortos ou jovens, é o que somos.*
> *As rugas desaparecem, os pés já não são chatos.*
> *Acovardados atrás de caçambas de lixo, fugindo*
> *Dos franco-atiradores, cada um é um corpo deslumbrante*
> *Pisando nos cadáveres, sabendo:*
> *Nunca fomos tão belos como agora.*

Mais tarde, paguei-lhe uma série de drinques em um bar cheio de flâmulas dos Badgers, garotos de blusão de moletom da universidade e tevês no volume máximo mostrando idiotas de capacete colidindo de cabeça. Encolhemo-nos no canto, perto dos banheiros, e bebemos um uísque atrás do outro; trocamos fofocas sobre várias pessoas de Sarajevo: Sem estava em Washington, Goran em Toronto; alguém que eu conhecia, mas de quem ele não conseguia se lembrar estava na Nova Zelândia; alguém que eu nunca conheci estava na África do Sul. Em determinado momento, ele se calou; eu era o único a falar e todo o sofrimento reprimido de viver na América transbordou de mim. Oh, quantas vezes eu desejara a morte de todos os times universitários de futebol americano. Era impossível encontrar um amigo sem marcar uma maldita hora com semanas de antecedência e não havia nenhum café ao ar livre onde você podia sentar-se e ficar vendo as pessoas passarem. Estava farto de ser perguntado de onde era e detestava Bush e seus fanáticos por Jesus. Cada partícula do meu ser detestava a palavra "carboidratos" e a exterminação sistemática da alegria da vida americana etc.

Não sei se ele sequer me ouviu. Ficou de cabeça baixa e podia até estar adormecido, até que levantou os olhos e notou uma jovem de longos cabelos louros passando a caminho do banheiro. Ele manteve os olhos pregados em sua mochila, depois na porta do banheiro, como se esperasse por ela.

– Bonitinha – eu disse.

– Ela está chorando – Dedo disse.

Fomos a outro bar, bebemos mais e saímos depois da meia-noite. Completamente bêbado, escorreguei e caí sentado em um monte de neve. Rimos, engasgando, da mancha redonda que fazia parecer que eu sujara as calças. O ar cheirava a hambúrgueres queimados e patchuli. Meu traseiro estava gelado. Dedo também estava bêbado, mas caminhava melhor do que eu, evitando tombos habilmente. Não sei por que concordei em ir com ele para casa para conhecer sua mulher. Cambaleamos pelas ruas silenciosas, onde as árvores se alinhavam como se dançassem uma quadrilha. Ele me fez cantar, e eu cantei: *Put putuje Latif-aga / Sa jaranom Sulejmanom*. Passamos por uma casa grande como um castelo; um Volvo com o adesivo do pensamento de outra pessoa; lâmpadas de Natal e anjos de plástico sinistramente iluminados.

– Como foi que viemos parar aqui? – perguntei-lhe.

– Todo lugar é aqui – ele disse.

De repente, ele tirou o celular do bolso, como se por um passe de mágica – ele pertencia a uma época anterior a celulares. Estava ligando para casa para dizer à Rachel que estávamos indo, ele disse, para que ela pudesse aprontar alguma coisa para comermos. Rachel não atendeu, de modo que ele continuou ligando.

Subimos atabalhoadamente a varanda, passando pela figura de um anão e uma cadeira de balanço coberta de neve. Antes que Dedo pudesse encontrar as chaves, Rachel abriu a porta. Era uma mulher robusta, com um penteado austero e brincos agitados, o queixo enterrado na papada. Fitou-nos com um olhar fixo e penetrante, e devo dizer que fiquei com medo. Quando Dedo atravessou a soleira da porta, ele declarou seu amor por ela com um sotaque tão horrível que por um instante achei que estivesse brincando. A casa cheirava a produto químico de lavanda; na parede, havia um desenho de uma mula de olhos grandes. Rachel continuou calada, as faces contraídas com evidente raiva. Agora eu me predispunha a dar minha vida pela amizade – eu podia tê-lo abandonado em Sarajevo, mas agora estávamos enfrentado Rachel juntos.

– Este é meu amigo, Regente – ele disse, ficando na ponta dos pés para depositar um beijo em seus lábios retesados. – Ele é maestro.

Eu fiz ridículos gestos de maestro, como se quisesse provar que ainda conseguia fazê-los. Ela nem sequer olhou para mim; seus olhos estavam pregados em Dedo.

– Você está bêbado – ela disse. – De novo.

– Porque eu a amo – ele disse. Eu balancei a cabeça, concordando.

– Com licença – ela disse, e puxou-o mais para dentro da casa, enquanto eu fiquei ali de pé na entrada deliberando se deveria tirar os sapatos. Uma pequena bola de poeira moveu-se pelo corredor, afastando-se da porta, como um cachorro assustado. Lembrei-me do poema de Dedo sobre os sapatos que ele comprara um dia antes de o cerco começar, os quais ele nunca usou, pois *eles se sujam nas ruas imundas de morte*. Todos os dias ele engraxava os sapatos novos com o que podia ser seu último suspiro, *esperando bolhas*.

Ele emergiu das profundezas da casa e disse:

— *Daj pomozi* — Socorro.

— Suma daqui, porco bêbado — Rachel rosnou em seu rastro.

— E leve seu amigo idiota com você.

Resolvi não tirar os sapatos e, estupidamente, disse:

— Está bem.

— Não está bem! — Rachel vociferou. — Nunca esteve bem. Nunca estará bem.

— Você deve ser gentil com ele — Dedo gritou para ela. — Deve respeitar.

— Tudo bem — eu disse.

— Não tudo bem. Nunca tudo bem. Este é meu amigo. — Dedo deu uma estocada em si mesmo com o dedo grosso e curto. — Você me conhece? Sabe quem eu sou? Sou o maior poeta bósnio vivo.

— Ele é o melhor — eu disse.

— Você é um maldito anão, isso é que você é! — Inclinou-se para ele e eu pude ver sua mão com o dedo apontado abrir-se e girar para desfechar uma bofetada.

— Vamos, anãozinho — Rachel berrou. — Bata em mim. Sim, claro. Bata em mim. Vamos receber o policial Johnson para café e biscoitos outra vez.

Uma neve branca de detergente já havia encoberto nossas pegadas. Ficamos parados na rua, Dedo olhando fixamente para a porta fechada, como se seu olhar pudesse perfurá-la, xingando no mais lindo bósnio e relacionando todos os pecados dela contra ele: seu filho bastardo, seu puritanismo, seu presidente, seu café descafeinado. Arfando, ele abaixou-se e agarrou um punhado de neve, moldou-a em uma frágil bola e atirou-a contra a casa. Ela desintegrou-se em uma pequena nevasca e salpicou o rosto do anão. Ele estava prestes a fazer outra imprestável bola de neve quando avistei um par de faróis descendo a rua lentamente. Parecia um carro da polícia e eu não queria me arriscar a ter que tomar café com biscoitos com o policial Johnson, de modo que comecei a correr.

Dedo me alcançou na esquina e cambaleamos por um beco em direção desconhecida: o beco estava deserto, salvo por um sofá com uma girafa de pano apoiada nele. Havia marcas fracas de pneus e vestígios recentes do que parecia ser um cachorro de três pernas. Vimos uma mulher na janela da cozinha de uma das casas próximas. Ela circulava em volta de algo que não podíamos ver, um copo de vinho tinto na mão. A neve alcançava os tornozelos; ficamos observando-a, hipnotizados: uma trança longa e brilhante estendia-se por suas costas. O cachorro de três pernas deve ter desaparecido, pois as marcas simplesmente pararam no meio do beco. Não podíamos ir nem para a frente, nem para trás, então nos sentamos ali mesmo. Senti o imenso prazer de desistir de tudo, a ampla liberdade da absoluta derrota. *Em qualquer direção que eu vá, agora, eu chegarei à outra margem.* Dedo cantarolava uma canção bósnia que eu não reconheci, flocos de neve derretendo-se em seus lábios. Era claro para mim que podíamos morrer congelados em uma viela de Madison – seria uma notável maneira de morrer. Eu queria perguntar a Dedo sobre o poema que ele havia escrito para mim, mas ele disse:

— Isto parece Sarajevo em noventa e três.

Talvez por conta do que ele disse, ou talvez porque eu achei ter visto o carro do policial Johnson passar pelo beco, levantei-me e ajudei-o a ficar de pé.

No táxi, foi apenas uma questão de tempo até alguém vomitar. O motorista árabe nos desprezava, mas Dedo tentou dizer a ele que era um colega muçulmano. Madison estava deserta.

— Você é meu irmão — Dedo disse, e apertou minha mão. — Eu escrevi um poema sobre você.

Tentei beijar seu rosto, enquanto o motorista nos olhava furiosamente pelo espelho retrovisor, mas desajeitadamente consegui apenas deixar um pouco de saliva em sua testa.

— Escrevi um poema muito bom sobre você — Dedo disse outra vez, e eu lhe pedi que o recitasse para mim.

Ele deixou o queixo cair no peito. Parecia ter desmaiado. Então o sacudi e, como um boneco falante, ele disse:

— Ele açoita borboletas com sua batuta...

Mas nesse momento chegamos ao meu hotel. Dedo continuou recitando enquanto eu pagava o táxi e não entendi mais nenhuma palavra.

Arrastei-o para o elevador, seus joelhos dobrando-se, a neve derretendo em seu casaco, liberando um cheiro de armário e naftalina. Eu não sabia dizer se ele ainda estava recitando ou simplesmente resmungando e xingando. Larguei-o no chão do elevador e ele adormeceu. Ficou ali sentado, desmoronado, enquanto eu abria a porta do meu quarto, e o elevador fechou a porta e o levou embora. A ideia de que ele pudesse ser descoberto no elevador, babando e balbuciando incoerentemente, me deu um prazer momentâneo. Mas apertei o botão do elevador e ele obedientemente trouxe Dedo de volta. *Nunca fomos tão belos como agora.*

A esmagadora tristeza de quartos de hotel; as luzes gélidas e os blocos de notas limpos; as paredes vazias e partículas da vida apagada de outra pessoa: eu o arrastei para dentro disso como para dentro do inferno. Coloquei-o na cama, tirei seus sapatos e meias. Os dedos de seus pés estavam enregelados, os calcanhares marcados com um par de bolhas. Removi o casaco e as calças, e ele tremia de frio, a pele arrepiada, o umbigo escondido em um tufo de pelos. Enrolei-o nas cobertas e estendi um cobertor por cima. Em seguida, deitei-me ao seu lado, sentindo o cheiro de seu suor e gengivas infeccionadas. Ele resmungou e balbuciou, até seu rosto se acalmar, as pálpebras relaxando no sono, as sobrancelhas descontraindo-se. Um suspiro profundo, como na hora em que o crepúsculo cai, instalou-se em seu corpo. Ele era um ser humano maravilhoso.

E depois, na terça-feira, na terça-feira passada, ele morreu.

Good living

Na época da guerra na Bósnia, eu sobrevivia em Chicago vendendo assinaturas de revistas de porta em porta. Meus empregadores achavam que meu sotaque bósnio, obviamente forjado na área inferior de "outras culturas", era peculiar, e portanto estimulante para os instintos consumistas dos americanos dos subúrbios. Eu estava desesperado na ocasião, com a guerra e o deslocamento, de modo que descaradamente explorava qualquer migalha de piedade que pudesse detectar em donas de casa solitárias e aposentados amuados em cujas portas eu batia. Muitos deles ficavam entusiasmados com a minha simples presença na soleira de sua porta, já que eu era prova viva do sonho americano: ali estava eu, superando circunstâncias adversas em um novo país, da mesma maneira que os antepassados do futuro assinante, no momento assinando o cheque e sonhadoramente relatando a saga da transição ancestral para a América.

No entanto, eu tinha um sotaque estrangeiro dramático demais para o território nobre da venda de assinaturas dos subúrbios de North Shore, onde as pessoas, estranhamente sufocadas pela serenidade da riqueza, liam regularmente o *Numismatic News* e adquiriam uma assinatura vitalícia da *Life Extension*. Por isso eu era designado para os subúrbios operários, ao lado de complexos de siderúrgicas e aterros sanitários, e ocupados por pessoas que, ao contrário dos moradores de North Shore, não achavam que eu cobiçava o que tinham, porque eles próprios não desejavam exatamente o que tinham.

Meu melhor território era Blue Island, logo depois da Western Avenue, onde os endereços tinham números de cinco dígitos, como se a cidade ficasse bem para trás da longa fila de pessoas à espera de entrar no paraíso do centro da cidade. Eu me dava muito bem com os habitantes de Blue Island. Eles reconheciam prontamente a indelével insignificância do meu emprego; ofereciam-me água e comida; certa vez quase trepei com uma cliente. Eles não perdiam tempo meditando sobre o propósito da vida; seus anos passavam como se conta uma história: lenta e ininterruptamente, aproximando-se do fim inexorável. Enquanto isso, tudo que queriam era viver, usar sabiamente o pouco amor que tivessem conquistado e suportar a vida com a ajuda anestésica da televisão e de revistas. Não por acaso, eu estava nas vizinhanças para lhes oferecer as revistas.

Uma coluna de fumaça do incinerador de lixo, com fagulhas lançadas no ar, assomava sobre a cidade como o pináculo de uma igreja. Talvez fosse por isso que as folhas decíduas de Blue Island morriam tão farta e lindamente, suas ruas cobertas com camadas espessas de amarelo, laranja, ocre e castanho-avermelhado. Certo dia caminhei sobre um tapete seco de folhas cor de mel até uma varanda empoeirada e atulhada de folhas de cupons em desintegração. Um gato preto peludo como uma vassoura não se mexeu quando passei por ele; havia uma imagem em madeira da Virgem Maria, cerimoniosamente pendurada ao lado da campainha. Alguém gritou antes mesmo de eu tocar:

– Entre!

Entrei numa sala escura e cavernosa, fedendo a leite azedo e velas de cera de abelha. No sofá, no centro da sala, estava sentado um pequeno padre – a veste solene, o colarinho branco, o cordão com a cruz de prata – os pés pequenos mal tocando o chão. O rosto e a careca eram cobertos de manchas vermelhas e pele descamada. Na mão direita segurava um copo de uísque, a garrafa pela metade na mesinha de centro à sua frente cercada por restos de jornais e sacos de salgadinhos. No alto de sua barriga, ao redor da cruz, viam-se farelos de batatas fritas.

– O que deseja? – ele perguntou, e arrotou. – Desculpe-me. O que deseja? – Apontou para a poltrona do outro lado da mesinha de centro e eu me sentei.

O trabalho de um vendedor consiste principalmente na repetição inconsciente de frases pré-fabricadas. Assim, ofereci-lhe uma ampla seleção de revistas que cobriam todas as áreas da vida contemporânea. Havia uma revista para cada tipo de pessoa, quer seu interesse fosse astronomia, autoajuda ou jardinagem. Eu também podia oferecer uma ampla variedade de títulos para um leitor cristão contemporâneo: *Christianity Today, Christian Professional, God's Word Today...*

– De onde você é? – ele perguntou, tomando um grande gole do copo. A cor do uísque combinava com as folhas lá de fora.

– Bósnia.

– Não vos esqueçais da hospitalidade – ele disse com voz arrastada –, pela qual alguns, sem o saberem, hospedaram anjos.

Assenti e sugeri algumas revistas que abririam novos horizontes para ele em arqueologia, medicina ou ciência. Ele sacudiu a cabeça, franzindo a testa, como se não pudesse acreditar na minha existência.

– Você perdeu alguém próximo na guerra? Alguém que você amava?

– Alguns – eu disse, e abaixei a cabeça, sugerindo uma intensa dor da alma.

– Deve ter sido difícil para você.

— Não tem sido fácil.
Repentinamente, ele virou a cabeça para a porta escura no fundo da sala e gritou:
— Michael! Michael! Venha cá conhecer alguém que está realmente sofrendo. Venha conhecer um verdadeiro ser humano.
Michael entrou na sala abotoando-se, a camisa impecavelmente branca fechando-se sobre um peito liso, sem nenhum pelo. Ele era louro, de olhos azuis, ilogicamente bonito para a monotonia de Blue Island, dono de um queixo quadrado de ator de cinema.
— O rapaz aqui é da Bósnia. Sabe onde fica a Bósnia, Michael?
Michael não disse nada e caminhou até a mesinha de centro, movendo os ombros como um modelo de passarela. Retirou um cigarro da bagunça da mesinha e saiu, deixando um rastro de raiva para trás.
— Ele fuma — o padre disse, em tom de lamúria. — Ele parte o meu coração.
— Fumar é ruim — eu disse.
— Mas ele se exercita muito — o padre disse. — Ausente em espírito, mas presente de corpo.
Eu tinha uma coleção de revistas especialmente para Michael, eu disse. *Men's Health, Shape, Self, Body + Soul*, todas cobrindo uma ampla gama de interesses: programas de condicionamento físico, dicas para ficar em forma, dietas etc.
— Michael — o padre chamou. — Gostaria de uma assinatura da *Body and Soul*?
— Vá se foder — Michael berrou de volta.
O padre terminou seu uísque e endireitou-se com dificuldade no sofá para poder alcançar a garrafa. Tive vontade de ajudá-lo.
— Se houvesse uma revista chamada *Egoísmo* — ele resmungou —, Michael seria o editor-chefe.

Ele encheu o copo novamente e retornou às profundezas do sofá. Coçou o topo da cabeça e uma nuvem de flocos de pele descamada flutuou em sua órbita.

– Michael quer ser ator. Ele é só vaidade e impaciência – o padre disse. – Mas ele só conseguiu trabalhar como *fluffer* em um ou outro filme pornô. E para lhe dizer a verdade, não vejo futuro nesse ramo para ele.

Era hora de ir embora. Eu tinha experiência suficiente para reconhecer o começo de confissões espontâneas. Eu já havia me levantado e saído no meio de uma confissão antes – sem dúvida intensificando o fluxo de lágrimas do confessor – porque fora a atitude mais prudente a tomar. Mas desta vez eu não podia ir embora, talvez porque o empolgante drama não estivesse resolvido ou porque o padre fosse tão minúsculo e fraco, pergaminhos inteiros descamando-se de sua testa. Tendo sido frequentemente alvo de compaixão, eu me deliciava em ter pena de outra pessoa.

– Conheço Michael desde que ele era criança. Mas agora ele acha que pode deslanchar por conta própria. Não é bom que o homem fique sozinho, não é bom.

Michael surgiu do quarto dos fundos, os cabelos imaculadamente penteados, mas ainda tremendo de irritação. Passou furiosamente por nós e saiu de casa, batendo a porta.

O padre terminou o uísque do copo com um único gole grande.

– Todos nós fenecemos como uma folha – ele disse e jogou o copo em cima da mesinha. O copo caiu em cima da bagunça e rolou para fora, desaparecendo de vista. Era hora de eu partir; comecei a me levantar.

– O senhor sabe quem foi são Tomás de Aquino? – ele perguntou, erguendo um dedo, como se estivesse prestes a fazer uma pregação.

– Sim, claro que sei – respondi.

– Quando ele era jovem, a família não queria que ele devotasse sua vida à Igreja, então enviaram uma bela jovem para tentá-lo. Ele a colocou para correr com uma tocha.

Ele me fitou por um instante muito longo, como se esperasse uma confirmação de que eu havia compreendido, mas ela nunca veio – compreender não fazia parte do meu trabalho.

– Não seja excessivamente moralista – ele se atrapalhou na palavra "excessivamente". – Eu nunca tive uma tocha.

A porta escancarou-se e Michael precipitou-se para dentro de novo. Afundei-me na cadeira, enquanto ele andou até o padre e ficou acima dele, apontando-lhe o dedo, sacudindo-o, o maxilar lançado de lado, furioso.

– Só quero lhe dizer uma coisa, seu pervertido filho da puta – disse, alguns fios soltos grudados em sua testa suada. – Só quero lhe dizer mais uma coisa.

Aguardamos no silêncio esmagador, o padre de olhos fechados, esperando um soco. Mas Michael não conseguiu pensar em mais uma coisa para dizer, de modo que finalmente não disse nada, girou nos calcanhares e saiu batendo os pés, sem se importar de bater a porta desta vez. O padre pegou uma almofada do sofá e começou a bater com ela em sua testa, uivando e sibilando de dor. Aproveitei a oportunidade para deslizar sorrateiramente em direção à porta aberta.

– Espere – ele gemeu. – Quero fazer uma assinatura. Quero uma assinatura. Espere um minuto.

Assim, eu o cadastrei para duas excelentes assinaturas de dois anos. Seu nome era padre James McMahon. Pelo resto da tardinha, eu circulei pelas vizinhanças contando a todo mundo

– as velhinhas, as jovens mães, os irritadiços ex-policiais – que o padre McMahon acabara de assinar as revistas *American Woodworker* e *Good Living*, sabiam? Alguns me perguntaram como ele ia passando e eu lhes dizia que ele tivera uma briga terrível com seu jovem amigo. Eles suspiravam e diziam "É mesmo?", franziam a testa e faziam a assinatura de *Creative Knitting* e *FamilyFun*. Aquele foi de longe meu melhor dia como vendedor de revistas. Ao final do expediente, esperando para ser apanhado pelo gerente da área, observei a luz tremulante das televisões nas janelas e as cintilantes estrelas no céu, e pensei: eu podia morar aqui. Podia morar aqui para sempre. Este é um bom lugar para mim.

O quarto de Szmura

Ele para à porta de Szmura, a mão esquerda suspensa no ar, relutante em bater. Ladeado por duas malas, uma das quais está amarrada com uma corda esfiapada, ele treme, fora de forma e subnutrido. Veste um casaco escuro, a gola estriada de caspa e fiapos de lã, as mangas curtas de uma forma tragicômica, expondo os punhos sujos da camisa. Quando Mike Szmura abre a porta, usando apenas a calça do pijama e uma frente assustadora de peito cabeludo, Bogdan profere suas frases com um inglês claudicante.

– Direto do barco – Szmura diz maliciosamente com uma voz nasalada.

Ele se afasta para o lado para deixar nosso rapaz entrar no apartamento, a mala amarrada com corda batendo em seus calcanhares, a outra se chocando com o joelho de Szmura.

Ao menos, foi assim que Szmura nos descreveu a cena mais tarde, exibindo a mancha roxa da suposta colisão em seu joelho ossudo. Nós havíamos interrompido nosso jogo de pôquer (meus dois valetes esperando para convencer Szmura e Pumpek a renunciar a seus salários da semana) a fim de que Szmura pudesse usar seus parcos talentos narrativos para descrever e florear a chegada de Bogdan. Os outros jogadores, Pumpek e um casal de colegas corretores de imóveis que ele trouxera consigo para servirem de trouxas, eram descaradamente americanos e desinteressados, e esperavam impacientemente que Szmura ter-

minasse para que o jogo pudesse continuar. Entretanto, em uma provável tentativa de me distrair do jogo, Szmura acrescentou:
– Ele é do seu maldito país, *Básnia,* seja lá como você o chama.

Meus dois valetes responderam prontamente ao insulto e, quando terminei de arrastar os despojos para mim com as duas mãos, já havia me esquecido completamente do estrangeiro desesperado à porta de Szmura.

Fiquei sabendo mais nos subsequentes jogos de pôquer. Szmura tentou nos divertir com um repertório de cenas sobre o estrangeiro burro e piadas sobre Bogdan e seu sotaque horroroso, e dessas representações, compreendi que Bogdan era muito parecido comigo, um esquisito: um ucraniano da Bósnia, embora, ao contrário de mim, ele fosse de Sarajevo. Szmura não tinha nenhum interesse nas diferenças culturais internas da Bósnia e pressupôs que havia uma afinidade profunda e essencial entre nós, o que significa que, ao zombar de Bogdan, ele fazia de mim o alvo. Eu preferia tomar seu dinheiro a ficar ressentido – ele chegara a ponto de assinar notas promissórias, e eu as guardava como se fossem cartas de amor, mesmo depois que ele as saldava.

Bogdan foi parar em Chicago através de algum canal de refugiados lamentavelmente estreito – um padre ucraniano conhecia um padre ucraniano que sabia sobre um quarto barato de Szmura. Do tamanho de um closet, o quarto ficava no apartamento que Szmura alugava da avó de sua ex-namorada, avó essa que bem-aventuradamente resolveu ignorar o fato de que Szmura havia permanente e irreversivelmente dado o fora na menina dos seus olhos logo depois de comê-la.

Apesar de mínimo, o quarto ecoava o vazio. Bogdan colocou suas malas abertas no canto sem janela; pegou um lençol e um cobertor da mala agora sem a corda e estendeu-os sob a janela sombria – sem colchão ou edredom, era ali que dormiria. O quarto parecia uma instalação em uma galeria de arte abandonada, o reflexo da luz do teto no assoalho de madeira pretendendo significar a falsa superfície da existência, as malas lançadas por terra representando a natureza transitória da vida – ou mais especificamente, a vida do objeto, encolhido no canto contra uma parede nua e mal pintada. Naturalmente, tudo era muito engraçado. Durante outra partida de pôquer no apartamento de Szmura (que eu perdi), todos fizeram fila para ver o quarto de Bogdan e acharam a instalação extremamente engraçada: riram às gargalhadas, a ponto de terem ânsias de vômito, e caíram no chão existencial, enquanto Bogdan ficava lá sentado no seu canto, perplexo com todas as piadas sobre sua pretensa arte.

Finalmente lhe foi proporcionada uma turnê oficial pelo apartamento – uma apresentação ao mundo de Szmura e seus insondáveis mistérios. Na sala de estar, com um floreio da mão, Szmura ofereceu sua mobília à apreciação de Bogdan: a poltrona de veludo vinho de frente a uma mesinha de centro pseudo-oriental, toda em curvas chinesas e ângulos japoneses; o sofá carmesim, em forma de U e com seus braços planos e austeros – por alguma razão, Szmura referia-se a ele como "o porto-riquenho". Bogdan tinha permissão de usar o porto-riquenho quando Szmura estava ausente, foi informado; caso contrário, a poltrona estava disponível. Em seguida, Bogdan teve que inspecionar a coleção de objetos sobre o consolo da lareira, que consistia no cartucho de uma bala, em pé, que o venerando pai de Szmura trouxera do Vietnã; um cinzeiro de vidro cheio de moedas estrangeiras (na maioria, copeques e zlótis); uma garrafa de cerveja Grolsch ("Tenha muito cuidado", Szmura disse, "porque esta garrafa é da Flórida"); e uma estatueta de uma vaca, com o úbere cheio, que não foi mencionada. Bogdan também olhou pela janela, embora ela desse para o mesmo beco que dava a janela de seu quarto. Não havia nada a ser visto, é claro, exceto uma porta de garagem descendo centímetro por centímetro, como a cortina de um palco, e algumas folhas secas deslizando para dentro antes que ela se fechasse.

No banheiro, Bogdan viu os ganchos que Szmura usava para pendurar suas toalhas de rosto (azul-marinho) e de banho (azul-celeste), bem como seu roupão de seda carmesim com um dragão cuspindo fogo nas costas – a Bogdan foi designado o quarto gancho. Também lhe foi dito que ele precisava ter o hábito de levantar a tampa do vaso sanitário, caso a abaixasse para fazer cocô, e que ele nunca deveria fazer a barba ou urinar no chuveiro. Finalmente, Szmura empurrou um potinho em sua cara, o fundo coberto de pequenos parasitas – era onde Szmura recolhia a matéria vermiforme dos poros de seu nariz.

Na cozinha, Bogdan foi avisado de que nunca deveria tocar na caneca onde se lia Микола, a borda lascada adornada com um desenho ucraniano tradicional. A geladeira continha uma tigela de tomates-cereja de um vermelho intenso ("Fortificam o sangue"), juntamente com um par de sapatos sociais, pretos, de Szmura, em uma bandeja; uma travessa de camarões podres; um vidro de vaselina, que Bogdan não pôde deixar de concluir ser empregado em alguma forma de autoabuso. Ele e Szmura não se demoraram muito no conteúdo da despensa. Basta mencionar um grande número de caixas de *Shake 'n Bake* empilhadas na prateleira inferior e uma impressionante coleção de latas de sopa enfileiradas em ordem alfabética nas duas prateleiras superiores: Prateleira nº 1, de *Aspargo* a *Minestrone*; Prateleira nº 2, de *Cogumelo* a *Zucchini*. A sopa não era para Bogdan, Szmura declarou. Se algum dia ele abrisse uma lata, teria que reabastecer o estoque no mesmo dia. Terminada a excursão, Szmura abriu de par em par a porta de seu próprio quarto e expôs rapidamente uma escuridão na qual a luz cortou um refulgente romboide. Bogdan jamais deveria entrar naquele quarto, nem mesmo se convidado. "Pense nele como um campo minado", Szmura disse.

Szmura, entretanto, muitas vezes entrava livremente no quarto de Bogdan, abrindo a porta com violência. Lançava-se em monólogos monolíticos dando boas-vindas a Bogdan neste grandioso país, que fora construído por imigrantes, inclusive os próprios avós de Szmura, que tiveram que trabalhar duro para subir na vida pelos próprios esforços e agora tinham um apartamento num condomínio em Orlando – o que era excelente porque significava que havia uma oportunidade para todos neste país, até mesmo um refugiado como Bogdan. Bogdan via que Szmura gostava desses discursos; ele afagava o matagal de pelos dos seus antebraços enquanto falava, como se acariciasse a si mesmo.

A maneira de Szmura abrir a porta do quarto estava estreitamente ligada às suas fantasias de se tornar um agente do FBI: ele era estagiário em uma firma de advocacia e assistia ao seriado *COPS* regularmente, tudo em preparação para o exame de admissão ao FBI, que ele faria assim que se formasse na faculdade de direito da Universidade de Illinois. Bogdan ficou a par das fantasias de FBI de Szmura depois que imprudentemente concordou com a demonstração de uma técnica de submissão. Viu-se no chão, com o joelho de Szmura pressionando sua jugular, seu cotovelo e ombro prestes a estourar. "Eu podia matá-lo, se quisesse", Szmura disse pragmaticamente, antes de soltá-lo.

Szmura também era afeito a deixar recados: toda manhã, Bogdan encontrava na mesa da cozinha um bilhete em uma letra tensa e rija que de certo modo correspondia à essência de Szmura – a letra T era como seu corpo: reto, magro, angular. Os bilhetes às vezes lhe davam as boas-vindas outra vez (*Sinta-se em casa*), porém em geral eram ordens (*Lave a maldita louça*) ou notificações (*Aluguel vence na terça-feira*). Havia alguns que se equilibravam entre o absurdo e a poesia (*A lareira não é real*). Quando Szmura, repentina e inexplicavelmente, começou a escrevê-los em forma de versos, Bogdan começou a guardá-los. Um dia, do deserto que cobria as ruínas de Chicago, uma lata enferrujada cheia de pedaços desbotados de papel será escavada e algum bom arqueólogo descobrirá a alma de uma civilização desaparecida nesses versos obscuros:

A porta está
Aberta ou trancada
Eu gosto
Trancada

Ou

Suas meias estão por toda parte
Quantos malditos pés você tem?
Você não está sozinho aqui, colega
Não está sozinho

Como era de se prever, Bogdan em geral recolhia-se ao seu quarto vazio, deitado no escuro, apalpando a parede, como se procurasse um túnel de fuga. Szmura às vezes trazia uma mulher para casa – ele possuía um gosto inconfundível pelo tipo meretrício – e Bogdan ficava ouvindo suas trocas verbais durante o coito, que sempre pareciam ensaiadas, como se estivessem fazendo um teste para um filme pornô: ela implorava a Szmura que colocasse seu pau grande dentro dela, e ele dizia, Oh, sim, então é isso que você quer, sua puta, e ela dizia, Sim, me dá seu pau grande, e ele dizia, Oh, sim, então é isso que você quer, sua puta, e assim continuavam, até se aproximarem do clímax, quando ela gritava em frequências peculiares ao som de um dedo molhado esfregado contra um vidro, enquanto Szmura iniciava uma saraivada de *fodas*: fodafodafodafodafodafodafodafodafodafodafodafodafodafodafodafodafodafoda. Às vezes, ele encorajava suas parceiras mais habituais a bater na porta de Bogdan e oferecer algum favor erótico de segunda mão. Somente uma delas de fato o fez: sem usar nada além de patins de rodas, uma saudável garçonete de meio expediente do Wicker Park ronronou como uma gatinha e arranhou sua porta. Sem compreender o que estava acontecendo, assustado com o guincho estridente dos patins no assoalho, Bogdan não se mexeu. Na manhã seguinte, Szmura deixou um bilhete dizendo: *Era simplesmente bater e correr/ Bo/ Era apenas isso.*

Eu não sei o que Bogdan pensava de Szmura, ou se tinha consciência de sua insanidade. Talvez tivesse se deixado enganar (como eu me deixara) por seus impulsos ocasionalmente humanos: ele legou sua coleção *Shake'n Bake* para a igreja ucraniana, a ser distribuída a imigrantes recém-chegados; era conhecido por dar gorjetas ainda que não achasse a garçonete comível; e certa vez ele deixou um bilhete dizendo: *Se um pássaro voar para dentro, deixe-o sair.* O mais enganador de tudo, a meu ver, eram os modos educados de bom menino que Szmura usava quando conversava com Pany Mayska, sua senhoria.

Um dia depois de Bogdan mudar-se para o apartamento de Szmura, ele o levou ao outro lado do corredor e bateu na por-

ta de Pany Mayska, um ramalhete de fragrantes lírios na mão. Ouviram o lento arrastado de seus pés e Szmura disse:
— Bem, agora seja educado. Nada de falar besteira.

Franziu o cenho, levantando o lábio superior e distendendo as narinas — uma careta que Bogdan um dia aprenderia a reconhecer como ameaçadora. Pany Mayska era raquítica, o rosto empoado e centralizado ao redor de uma boca pequena e vermelha de batom, os cabelos ralos, expondo as listras brancas de seu crânio. Usava um sutiã pontudo que devia ter sido sedutor há meio século, mas agora servia como um andaime para seu peito cavernoso. Szmura cumprimentou-a em ucraniano, beijou-a no rosto, enquanto ela agarrava sua mão sem os lírios e não o deixava retirá-la, puxando-o para dentro. Seus dedos eram como garras, ressequidos e retorcidos. Seu apartamento cheirava a xixi e *pierogi*, a limpeza e lençóis passados. O cheiro viajou depressa através das sinapses de Bogdan até chegar ao quarto onde sua avó havia morrido: trabalhos manuais ucranianos do mesmo padrão geométrico multiplicavam-se na toalha de mesa e nas almofadas; obsoletos calendários de igreja espalhados por toda parte; uma gravura contemplativa do poeta Taras Shevchenko, olhando fixamente por cima do bigode raquítico; ícones de Virgens de cabeça inclinada, com gorduchos bebês no colo.

Szmura perguntou pela saúde de Pany Mayska; ela disse que ia bem — ambos eram apenas sorrisos calorosos. Szmura teria lhe dado um amigável tapa nas costas se ela não fosse tão frágil. E como ia Victor, seu neto? Oh, ele ia bem, escavando antigos cemitérios eslavos perto de Kharkiv. Estaria de volta até o Natal. E como estava Oksana? Ah, ela ainda não tinha um namorado.

— Микола, eu gostaria tanto de tê-lo como genro.
— Пани Майска, sou muito novo para casar — Szmura disse.

Diante disso, ela suspirou pesarosamente, como se Mike Szmura fosse o amor não correspondido de sua própria juventude, seu sonho não realizado.

Bogdan permaneceu sentado, ouvindo, com um sorriso genérico que sugeria que ele estava interessado, mas não bisbilhotando. Pany Mayska levantou-se com rangente dificuldade e estendeu a mão para uma tigela sobre o balcão imaculado. Quando ela colocou a tigela na mesa, estava cheia de biscoitos em forma de meia-lua.

– E quem é você? – ela perguntou, empurrando a tigela na direção de Bogdan. Ele amavelmente ergueu a cabeça para expressar sua disposição de provar um biscoito e depois lhe contou quem ele era, com fatigado distanciamento, como se recontasse o enredo de um tedioso filme do Leste Europeu.

Szmura havia lhe dito que Pany Mayska trabalhara como radiologista, tirando raios X dos pulmões ressequidos de fumantes e dos quadris fraturados de anciãos aventureiros. Ela estava tão contaminada pela radiação, Szmura dissera, que chegava a brilhar no escuro, os ossos se enrolando em seu corpo, tudo dentro dela apodrecendo esplendorosamente. Talvez fosse por causa de sua radioatividade que Bogdan podia pressentir sua chegada antes de ela bater na porta. Às vezes, ele alcançava a porta antes que ela tivesse sequer aberto a dela. Pelo olho mágico, ele podia vê-la oscilar até a porta dele com um prato cheio de *pierogi*. Ela sabia que Szmura trabalhava durante o dia, mas ela sempre perguntava por Микола. Ela nunca aceitava entrar, mas ficava parada à porta e o fazia contar-lhe, tudo de novo, o que ele havia lhe dito quando a conheceu: ele era um ucraniano da Bósnia, de uma cidade pequena chamada Prnjavor; ele tinha uma loja de fotografia; fora forçado a lutar pelos sérvios na guerra; fugira apenas com as roupas do corpo; agora trabalhava em um supermercado Jewel como empacotador, até conseguir arranjar um emprego melhor. Depois que Bogdan proferia sua última frase, ela lhe entregava o prato, coberto com um guardanapo delicado, com o mesmo padrão ucraniano que dominava o resto de seu habitat. Então, ela dizia sua própria fala na seguinte sequência:

> a. *Era terrível o que estava acontecendo na Bósnia; isso a fazia lembrar da Grande Fome, quando milhões de ucranianos morreram; ela rezava para que aquilo terminasse logo.*
> b. *Bogdan devia pensar em todos os lugares onde os ucranianos podiam ser encontrados: estávamos por toda parte, da Bósnia às selvas da África.*
> c. *Os ucranianos eram um povo muito visual, um povo que gostava de desenhos; veja Disney, por exemplo, que era um de nós, um* Дисни *– ele tinha suas inúmeras ideias, suas inspirações artísticas, da cultura nacional ucraniana, de nosso amor pela natureza.*

Como ensaiado, Bogdan distendia o rosto em um sorriso circunspecto e contraía os músculos do estômago para reprimir qualquer risada à ideia de que o Pato Donald fizesse parte de sua herança cultural, de que o Pateta fosse ucraniano. Ele começou a gostar de Pany Mayska, dos seus biscoitos e *pierogi*; aprendeu a se aquecer no brilho de sua radiação.

Desde que se aposentara, ela trabalhava como voluntária no Museu da Cultura e da História Ucranianas, um funesto prédio de três andares do outro lado do estacionamento do Jewel onde Bogdan trabalhava. Certa vez, eu o vi andando por lá com um avental e um boné verdes que seriam modernos no Leste Europeu décadas atrás. (Tenho quase certeza de que era ele; eu ainda não o conhecia, mas o jeito cansado de andar, mais do que qualquer outra coisa, o traiu.) Pany Mayska abriu a porta e sacudiu o ingresso de dois dólares com um aceno significativo da cabeça. Bogdan entrou em uma sala permeada de uma escuridão verde, a luz bloqueada por pesadas cortinas.

Ela parecia ainda menor e mais radiante na penumbra sepulcral. Bogdan seguiu-a, fingindo interesse, passando por ovos de madeira pintados e amareladas rendas de bilro, seu peito vibrando de tristeza. Tudo aquilo o fazia se lembrar do armário velho no quarto de seus avós, que ele havia vasculhado quando criança em busca das fotos amassadas da infância deles. Pany Mayska subiu as escadas para uma sala que contava, segundo ela, a história de nosso povo. O aposento não tinha cortinas e partículas de poeira flutuavam por toda a parte, iluminadas pelo sol resplandecente lá fora. Ela apontou para um mostruário de vidro sob a janela: uma gamela de pão rachada; uma medalha em forma de águia recoberta com uma ferrugem de psoríase; uma carta cuja letra cursiva esvaía-se em ondas azuladas. Bogdan imaginou se a carta teria sido trazida do país natal ou se nunca fora enviada para lá deste aqui. Depois, andaram ao longo das paredes, examinando fotos de camponeses cadavéricos, devastados pela fome, em formação para a máquina fotográfica, como se o fizessem para serem executados, e retratos de homens em postura rígida, em preto e branco, que haviam vindo para cá há muito tempo, os olhos saltando conforme as gravatas de nó apertado cortavam seu fluxo de ar. Pany Mayska parou diante da foto de um homem com uma cabeça de alfinete, um farto bigode e óculos de aros finos e redondos – era seu marido, ela disse, com um tremor na voz. Em seguida, desceram para a pequena cozinha, onde Bogdan aceitou um copo de refresco de framboesa, um saco de comida congelada com a data de validade quase vencida que ela por acaso tinha ali e um relatório de como, certa vez, flagrara Oksana e Szmura se beijando, e eles tinham apenas doze anos de idade.

Devo confessar que esperei no estacionamento do Jewel, com a intenção de interceptar Bogdan. Já era hora, eu pensei, de nós nos conhecermos. Ele me lembrava tanto de mim mesmo, como eu era há não muito tempo: eu também tivera que lidar com o enigma da carteira de identidade, com as regras obscuras do beisebol e com as leis imutáveis do convívio com Szmura. Eu também resistira à tentação de me deleitar com as sopas de Szmura e aceitara as comidas congeladas e biscoitos secos de Pany Mayska. Certa vez, ela até mesmo me emprestara dinheiro, que eu nunca devolvi – motivo pelo qual eu a evitava agora, atravessando a rua sempre que a via capengando com sua artrite em minha direção.

Quando Bogdan saiu do museu, carregando um saco pesado, ele parecia mais alto, desajeitadamente curvado para a frente, bem do jeito do Pateta. Eu o abordei perto das fileiras de carrinhos de compra. Surpreendeu-me que não tivesse ficado surpreso. Reconheceu-me, ele disse – eu me parecia com meu primo Roman, com quem ele frequentara a escola em Prnjavor. Eu havia ensaiado minha fala. Planejava perguntar-lhe sobre seus pais e oferecer-lhe minha generosa ajuda. Eu queria lhe dizer para cair fora do apartamento de Szmura assim que possível. Em vez disso, eu me vi balançando a cabeça inexpressivamente, como um americano envergonhado de nascença, tentando transmitir que ele tinha meu apoio e minha compreensão, ainda que eu não conseguisse compreender o que ele falava.

– Você não faz ideia do que escapou – ele disse. – Não faz ideia da sorte que tem.

Ele me contou como havia enterrado os pais no quintal. Fora obrigado a se alistar no exército da Sérvia e lutara em Derventa. Vira coisas terríveis: pessoas forçadas a entrar em campos minados, mulheres grávidas estripadas, olhos arrancados com colheres enferrujadas, seus colegas soldados urinando em uma cova coletiva. Tudo que conseguia pensar era em fugir, tanto que sentira alívio quando seus pais morreram – embora eu não saiba se ele disse isso ou eu é que inferi. Clientes do Jewel – jovens mães louras, velhos cheirando a naftalina, bêbados com uma garrafa de Wild Irish Rose disfarçada em um saco de papel – responsavelmente devolviam os carrinhos ao seu lugar.

– É doloroso relembrar o que não posso esquecer – ele disse, possivelmente citando uma canção ucraniana que eu não conhecia. Assim, inventei um compromisso incontestavelmente urgente, expressei meu entusiástico desejo de nos revermos em breve, ofereci uma ajuda genérica e parti, atravessando o estacionamento. Depois disso, eu o evitei durante anos.

– Aquele museu, ele me dá arrepios, cara – Szmura disse, estremecendo. – Por que Bo iria lá?

– Não sei – eu disse. – Talvez o faça se lembrar de casa. Talvez ele se sinta bem na companhia da velha Mayska.

– Talvez você possa escrever uma boa história sobre isso um dia – Pumpek disse. – Mas agora tem que dar as cartas.

– Não entendo essa gente. Aquela velha desgraçada mora neste país há cinquenta anos e só sabe falar de nosso povo, da fome, de Disney e da maldita Ucrânia – Szmura disse.

– Dê as cartas – Pumpek disse.

– É de cortar o coração – eu disse. – Toda essa tristeza.

— Sim, claro. É de brochar, isso sim — Szmura disse. — Sabe o que diz o hino da Ucrânia? "A Ucrânia ainda não morreu." *Ainda* não morreu! Bem, deixe que morra, então! Isto aqui é a América, não é uma instituição psiquiátrica.

— Dê as cartas — Pumpek disse.

Dei as cartas, para Szmura, Pumpek e os dois corretores imobiliários, que não disseram nada, todos impassíveis e calculistas. Um deles ficou remexendo em suas fichas enquanto olhava diretamente para mim, obviamente (e tolamente) designando-me como o pato. O outro se levantou e foi pegar uma cerveja. Percebi que eram irmãos.

— Estou preocupado com Bo — Szmura disse. — Quero que ele comece a viver na América, pare de viver no passado. Esses velhos vampiros não são bons para ele. E ele nem sequer é da Ucrânia, é da maldita *Básnia*. Vou colocá-lo embaixo da minha asa. Temos que integrá-lo nesta sociedade.

— Integrar — o irmão com a cerveja disse subitamente. — Onde foi que aprendeu uma palavra tão sofisticada?

E assim Szmura colocou Bogdan embaixo de sua asa de abutre. Deu-lhe lições improvisadas de história americana: ele o fez admirar os grandes colhões que enfeitavam as entrepernas dos heróis da independência americana; ele narrou em várias etapas o grande épico da salvação do mundo da ameaça do ódio à liberdade (Vietnã, Granada, o Golfo); incentivou-o a ver televisão para apreciar a riqueza da cultura americana; ele pintou a ampla tela do capitalismo com algumas pinceladas simples: mercado aberto, livre iniciativa, dinheiro no banco.

Um dia, convidou Bogdan para assistir a uma reunião de negócios que ele teria com um conhecido. Talvez Bogdan estivesse realmente empolgado em aprender alguma coisa no Instituto de Integração Szmura, porém o mais provável é que fosse complicado demais para ele dizer não. Além do mais, Szmura lhe oferecera o sofá porto-riquenho para dormir durante a semana.

– Tudo que eu quero que você faça – Szmura disse – é sentar-se lá e não dizer nada. Se eu começar a pressionar o sujeito ou agarrá-lo pelo pescoço, me impeça. Quero que você me impeça.

Ele instalou Bogdan no porto-riquenho, colocou uma garrafa de Jack Daniel's no centro da mesinha e uma tigela de tomates-cereja ao lado. Disse a Bogdan que o sujeito que estava vindo precisava de um favor e que era difícil para ele dizer não, "porque o pai do sujeito é o prefeito de Bolingbrook". Isso, é claro, não pareceu muito impressionante a Bogdan, mas antes que ele pudesse perguntar alguma coisa, Szmura voltou à cozinha para pegar os copos. A luz filtrava-se pela garrafa de uísque e uma penumbra ocre tremulava sobre a mesa.

– Todo mundo sabe que Bolingbrook é uma cidade do crime organizado – Szmura berrou da cozinha. – O pai do cara tem, sabe como é, certas conexões, e elas poderiam ser úteis quando eu for do FBI.

Naturalmente, Bogdan ficou preocupado com a ideia de ser pego entre a Máfia e o FBI, mas também estava empolgado, como qualquer um estaria. Quando a campainha tocou, ele recostou-se no porto-riquenho, cruzou as pernas, entrelaçou os dedos sobre o estômago e tentou relaxar o rosto, de modo a parecer amuado e frio. Szmura entrou com um sujeito alto e magro com um boné de beisebol, instalou-o na poltrona e sentou-se ao lado de Bogdan, que apresentou como seu "amigo e sócio". O Jack foi servido (por Bogdan), ideias foram trocadas sobre certas celebridades e seus peitos falsos. O sujeito magrelo suava e Szmura estendia os braços pelo encosto do porto-riquenho, o antebraço tocando a nuca de Bogdan. Ele e o magrelo olharam para Bogdan simultaneamente, como se ele fosse um conduíte para uma transmissão codificada.

– Diga-me, Michael – Szmura disse finalmente. – Em que posso ajudá-lo?

– O meu problema é o seguinte – Michael disse – e não quero que entenda mal minha posição aqui.

Bogdan sentiu a presença intensa de Szmura e Michael na sala; sentia o cheiro de sua excitação quase criminosa e tudo, tudo desacelerou. Havia uma mulher, Michelle. Era uma garota maravilhosa, fantástica, e parecia que Michael a amava. (Bogdan imaginou-a: alta, graciosa e pensativa.) Mas ela andara se envolvendo com drogas. Começara na faculdade; um pouco de maconha, ecstasy, de vez em quando algo mais pesado, mas somente nos fins de semana e férias, quando todo mundo estava fazendo o mesmo. (Bogdan viu um subsolo escuro vibrando com música degenerada, jovens arriados pelos cantos, o branco dos olhos estriado de sangue.) O próprio Michael havia abandonado tudo isso por causa do beisebol e tudo o mais, e andava trabalhando duro, nada de bebidas, nada de drogas, apenas sexo de cara limpa. Houve algum interesse de times da segunda divisão, bastante sério na verdade, nada menos que o time titular dos Cubs, muita grana à vista. Michelle, entretanto, não abandonara as festas. Jurava que só se drogava nos fins de semana, mas Michael descobriu, por um colega, que ela, na verdade, consumia montes. Andara trepando com seu avião também, seu colega dissera, de modo que Michael interpelou-a. (Bogdan visualizou uma violenta discussão sem som, as lágrimas escorrendo pelas faces redondas.) Estava arrependida e se sentindo péssima, mas admitiu que estava completamente viciada em cocaína e devia muita grana ao traficante, um sujeito asqueroso de algum curso de estudos culturais. Ele a forçara a trepar com ele. (Um close da mão de uma mulher nas costas cabeludas de um homem.) Michael foi falar com o sujeito, disse-lhe para ir se foder. Mas o filho da mãe multicultural queria seu dinheiro de volta, tinha direito a ele, fizera por merecê-lo e disse que tinha alguns amigos da pesada que podiam lhe aplicar uma surra. Michael temia que ele forçasse Michelle a trepar com outros caras para saldar a dívida. (Uma cena dramática de corpos arfantes, oleosos, pernas e braços entrelaçados como cobras copulando.)

– Entendo – Szmura disse. – Então, você quer saldar a dívida?

– Sim – Michael respondeu. Tinha que limpar a sujeira, tinha que colocar seu dinheiro onde seu pau estava, caso contrário isso iria destruir sua carreira no beisebol e o beisebol era sua vida. Bogdan não compreendia muito bem tudo aquilo, mas a grandiosidade do dilema de Michael não lhe passou despercebida.

– Não falta mulher no mar – Szmura disse.

– Acho que gosto de nadar na minha própria piscina.

– Por que não fala com seu pai?

– Minha família não é conhecida pela sensibilidade – ele disse. – Só quero pagar o filho da mãe e tirar minha mulher do pau dele. Adoraria ver seus pedaços espalhados por todos os campos de Illinois, mas tenho que ser realista.

– Claro – Szmura disse, e olhou para Bogdan, como se falasse com ele por telepatia. – Vinte e cinco por cento. Taxa padrão entre amigos. De quanto precisa?

– Dez mil.

– Terei o dinheiro para você amanhã, bem como uma nota promissória para você assinar.

– Assinarei qualquer coisa que quiser.

— Excelente — Szmura disse com um grunhido de aprovação. Agarrou um punhado de tomates-cereja e atirou-os, um a um, dentro da boca.

— Não leve para o lado pessoal, Michael — ele disse —, mas acho que é minha obrigação profissional mencionar que eu teria que tomar uma série de medidas, sabe, se você não cumprisse um programa de pagamento. Eu poderia, por exemplo, ter que falar com seu pai.

— É compreensível — Michael murmurou com voz arrastada.

— E pelo bem de minha boa imagem nos negócios — ele olhou para Bogdan, que resplandecia com a emoção de voyeurismo —, talvez eu tenha que puni-lo. Nada demais, sem dúvida nada suficiente para colocar em risco sua carreira no beisebol, mas eu teria que enviar Bo aqui para resolver o problema.

— É compreensível — Michael disse, e olhou para Bogdan, o qual, sentindo-se desconfortável, cerrou os punhos, sempre olhando para Michael como se ele estivesse se preparando para rebentar seu rosto.

— O Bogdan aqui — Szmura disse — é da *Básnia*. Houve uma guerra lá, uma coisa horrível. Ele viu coisas que você e eu não podemos nem imaginar. Eles retalham as pessoas lá como malditas *kielbasas*. De modo que ele é um pouco perturbado, entende? Está um pouco além de uma terapia. Mas tenho certeza de que ele será capaz de se controlar, agora que o conhece.

Nesse ponto, Bogdan assumiu inteiramente seu papel: flexionou o pescoço; abriu um largo sorriso para Michael e seu incisivo esquerdo cintilou com a ameaça de um criminoso de guerra. Em seguida, ele murmurou, com uma voz grave e eslava, enquanto apanhava um punhado de tomates:

— Sim.

Szmura recostou-se no porto-riquenho e esparramou as pernas triunfalmente, como se quisesse exibir o tamanho de seus testículos asfixiados de testosterona.

Alguns dias mais tarde, a primavera aterrissou sobre Chicago: o ar ficou abruptamente tépido e fragrante, a grama repentinamente verde, como se tivesse sido pintada de um dia para o outro. Bogdan começou a deixar crescer o bigode e sonhava em comprar uma máquina fotográfica. Ele estabeleceu um ritual para depois do trabalho que envolvia ficar sentado no porto-riquenho, lendo a previsão do tempo (*Moderado com trovoadas e rajadas de vento pela manhã. Céu claro à tarde*), enquanto bebericava uma dose de Jack com gelo. Pequenos e repetidos prazeres começaram a fazer parte de sua vida.

Szmura chegou até a levá-lo para beber certa vez, no Rainbo Club, onde teriam pegado duas irmãs ruivas não fosse a reticência de Bogdan. Eu os observei, de um canto distante, onde eu estava parcialmente escondido atrás de uma nervosa máquina de fliperama. Szmura cuidou da sedução, enquanto Bogdan olhava fixamente para seu copo quase vazio – ele evitava terminar o drinque porque não podia pagar uma rodada. Não disse uma palavra, limitando-se a erguer os olhos de vez em quando para uma das irmãs (seu nome era Julia) e sorrir timidamente. Szmura não parava de pagar drinques e por fim proferiu sua cantada fatal: "Quando estiverem tortas, podemos levá-las para casa." Tal atrevimento já dera certo para ele antes, mas desta vez as irmãs apenas se levantaram e saíram, Julia concedendo um olhar de despedida a Bogdan, que Szmura interpretou como um convite para uma orgia sexual. Bogdan passou a noite fazendo longos passeios imaginários com Julia, segurando sua mão imaginária, mas não ousou, no final, imaginar-se fazendo amor com ela no deformador de coluna porto-riquenho. A aurora chegou com uma fanfarra de chilreantes pardais, e Bogdan apagou sob o peso do que poderia ser muito livremente chamado de felicidade.

Ele acordou tarde e coçou o estômago e as nádegas por algum tempo, bocejando. Vagueou até a cozinha e serviu-se de uma xícara de café fraco que Szmura tivera a gentileza de preparar. Em seguida, leu o bilhete que Szmura deixara na mesa. Levantou-se para acrescentar creme ao café, depois leu o bilhete outra vez, e só então compreendeu o que significava:

Receio que tenha que ir embora, Bo
Preciso do seu quarto
Michael está trazendo Michelle
Programa de proteção da puta
Pague o que puder
E saia

Na Bósnia, há uma expressão particularmente cruel e precisa que é usada para descrever o comportamento e o movimento de uma pessoa amedrontada – diz-se que tal indivíduo está agindo como uma mosca decapitada. Ali estava o Bogdan decapitado voando para seu quarto para tirar o pijama, depois se desmoronando no porto-riquenho para ficar olhando fixamente por um longo tempo para a lareira artificial. Finalmente, conseguiu voltar ao quarto para vestir o uniforme do Jewel. Em seguida, dirigiu-se à despensa, como se procurasse um lugar para se esconder. Lá, viu-se fitando a coleção de latas de sopa, o desespero revirando suas entranhas. Leu cada rótulo cuidadosamente, examinou cada lata – mas *Aspargo* continuava teimosamente silenciosa, *Ervilha* e *Espinafre* olhavam-no com rancor e ele não teve escolha senão colocar sua fé na força da *Tomate*. Entornou o que parecia sangue solidificado em uma panela e esperou que uma bolha estourasse na superfície. Tomou a poção avidamente, enquanto relia o bilhete, a camisa azul respingada de vermelho.

A radiação de Pany Mayska envolveu-o antes mesmo que ele batesse em sua porta. Quando ela apareceu, usando chinelas com pompons em cima das pontas curvadas para cima, como se fosse uma princesa envelhecida de Bagdá, ele lhe contou sobre o bilhete de Szmura. Ela pressionou a mão contra o peito e soltou uma arfada, compreendendo a iminência da mágoa e da humilhação. Mas ela acreditava que Микола só fizera o que precisava fazer, não era por mal. E de qualquer forma era um quarto pequeno demais. Bogdan queria seus lábios ressequidos contra sua face; queria que ela segurasse sua mão suada e o reconfortasse, como sua avó teria feito, mas ela continuou distante. Ofereceu-lhe para ficar no museu – havia um aposento vazio nos fundos – até ele arranjar outro lugar. Uma nuvenzinha de massa escaldada soprava para fora de seu apartamento e Bogdan tinha a atormentadora sensação de estar lhe dizendo adeus. Ela suspirou outra vez, compreendendo, e desapareceu na escuridão de sua casa.

A porta do quarto de Szmura era tão pesada quanto ferro fundido, como se levasse a uma masmorra. Bogdan entrou, perfeitamente cônscio de que uma vez lá dentro, não haveria como voltar. Viu uma cama desfeita, o montículo de um edredom no centro, a cratera feita por uma cabeça no travesseiro. Uma grande jarra de água junto à cama, as borbulhas pressionando seus rostinhos contra a parede de vidro. Uma gravata estendida sobre o assento de uma cadeira, como um tendão cortado. O relógio digital piscava 12:00 histericamente. Um livro (*Canja de galinha para a alma do fã de beisebol*) estendia as asas no assoalho. Debaixo da cama, um par de maciços halteres de dez quilos projetava-se apenas o suficiente para Bogdan dar uma topada com o dedão do pé. No guarda-roupa, os ternos alinhavam-se em um espectro de cores do azul-celeste ao azul-marinho; abaixo dos ternos, os sapatos de Szmura arrumavam-se em uma impecável fileira inclinada, como carros em um estacionamento. As roupas de baixo ocupavam diferentes prateleiras: cuecas boxer na de cima, cuecas jockey na de baixo, camisetas na do meio, todas empilhadas com perfeição.

Na parede acima da escrivaninha de Szmura pendurava-se um mapa da Flórida, com a inserção de um pequeno mapa das Keys. Em cima da escrivaninha, havia pilhas de papéis enigmáticos; vários lápis espalhados (lembrando o cheiro de escola em Prnjavor: aparas de lápis apontados, esponja de giz úmida, cabelos recém-lavados das meninas); um monitor de computador onde Bogdan pôde ver o reflexo curvo de si mesmo; uma lata de biscoitos contendo cartões de beisebol, camisinhas fluorescentes, uma trouxinha de maconha. Na gaveta, uma bola preta de meias; uma laranja grotescamente laranja; um rolo de notas de vinte dólares. Bogdan desenrolou-as e contou o dinheiro: dois mil e trezentos dólares – pegou oitenta, depois enrolou-as outra vez. Havia um .38 no coldre na outra gaveta, carregado e pesado. Destravou-o e apontou para a janela. *Bang. Bang.* Colocou o cano na boca: tinha um gosto metálico agridoce.

Uma tira de papel pendurava-se do aparelho de fax, "Alerta de ações!" e uma confirmação da South Beach Heaven, "Um serviço de acompanhantes em que você pode confiar". Na lixeira, encontrou o desenho de um cachorro exibindo um sorriso com a inscrição "Foda-se!". No peitoril da janela, um cacto podre empoleirado sobre uma pilha de fotos, quase todas mostrando Szmura com um coquetel multicolorido na mão, cercado por um coro de alegres moças e rapazes. No fundo da pilha havia uma foto amarelada de um garoto sentado de lado em um trenó esportivo, a cabeça, coberta com um gorro de lã, desanimadamente depositada sobre os joelhos, cercado por uma vasta planura branca. Bogdan reconheceu a sonolenta tristeza do garoto, o sentimento de estar preso lá fora no frio quando na verdade gostaria de estar confortavelmente dentro de casa.

Estava dobrando a foto para colocá-la no bolso quando Szmura irrompeu pelo quarto, saltando por cima da cama, e arrancou da órbita o olho esquerdo de Bogdan com seu primeiro soco.

As abelhas, Parte I

ISTO NÃO É REAL

Há muitos anos, minha irmã e eu fomos ver um filme com nossos pais. O filme era sobre um bonito rapaz em uma caça ao tesouro na África, durante a qual ele conhece uma bela jovem com a qual parece se entender bem. Mamãe apagou no mesmo instante – filmes sempre a faziam dormir. Papai resfolegou desdenhosamente algumas vezes, sussurrando no meu ouvido: "Isso é uma besteira." Ele começou a se voltar para as pessoas ao seu redor, tocando-as como se quisesse despertá-las de seus sonhos, implorando-lhes: "Gente, não acreditem nisso! Camaradas! Isto não é real!"

A plateia, profundamente envolvida nas provações e tribulações do herói, que no momento dependurava-se de cabeça para baixo sobre um poço de crocodilos vorazes, não reagiu bem à interferência de meu pai. Um lanterninha aproximou-se e tentou, em vão, silenciá-lo. Minha irmã e eu fingíamos estar concentrados na tela, enquanto minha mãe foi acordada pelo tumulto apenas para se ver no meio de uma situação embaraçosa. No final, meu pai saiu intempestivamente, arrastando a mim e a minha irmã, mamãe em nosso rastro, desculpando-se com o público irritado. Demos uma última olhadela na tela, distante como um pôr do sol: o herói e a donzela desgrenhada (mas bela), no meio da selva fervilhante de vilões, montados em um par de mulas trotando comicamente.

O PESADELO À PRESTAÇÃO

Meu pai desenvolveu o ódio ao irreal quando estava na universidade. Certa manhã, no seu quarto do alojamento, ele emergiu do seu sono com um pesadelo perfeitamente lembrado. Ele na mesma hora o descreveu aos seus dois colegas de quarto, a experiência ainda perturbadoramente fresca em sua mente. O sonho envolvia perigo, sofrimento e mistério, embora também houvesse um encontro com uma mulher. Seus colegas ficaram fascinados, ouvindo-o, enquanto ele os conduzia pelos caminhos íngremes, nunca visitados, de seu subconsciente. Mas um instante antes do rosto da mulher ser revelado e o sonho resolvido, meu pai acordou.

Na noite seguinte, o pesadelo recomeçou no ponto exato em que tinha parado – a mulher era linda e segurou a cabeça de meu pai em seu colo enquanto ele chorava. Em seguida, ele vagou a esmo por cenários que se modificavam absurdamente; deparou-se com animais falantes, inclusive um cachorro de sua infância que seu pai havia matado com um golpe de machado na cabeça; havia mais mulheres, inclusive sua mãe já falecida. Então, ele segurou uma melancia com o rosto distorcido de uma pessoa que ele conhecia, mas que não conseguiu reconhecer, e quando a melancia se abriu, ele encontrou uma carta endereçada a ele. Estava prestes a lê-la quando acordou.

Os colegas de quarto de meu pai, que faltaram às aulas da manhã para ouvir os desdobramentos de seus sonhos perturbadores, ficaram tristemente decepcionados por não descobrir o que havia na carta. Nas aulas da tarde, recontando o pesadelo de papai aos seus colegas de turma, eles continuaram especulando – agitados com o fato de que tudo aquilo tinha um significado com que não conseguiam atinar – o que poderia haver na carta e se a bela mulher retornaria.

Quando meu pai acordou na manhã seguinte, o quarto estava cheio de gente sentada em silêncio, esperando pacientemente, a respiração lenta e profunda. Muitos olhos o fitavam, como se tentassem ler a conclusão da história em seu rosto. Qualquer sonho que meu pai pudesse ter tido evaporou-se no instante em que seus colegas de quarto lhe perguntaram o que havia na carta. Papai não ousou desapontá-los, de modo que abriu a carta e inventou o conteúdo – havia uma mulher mantida prisioneira em uma masmorra escura por um homem maligno. A partir daí, meu pai teceu uma narrativa épica, obviamente influenciado pelas histórias burlescas típicas que havia lido e pelos filmes de terror que vira na sala de cinema da universidade. No entanto, mesmo inventando-a, ele não sabia como terminar a história de seu pesadelo. Ele chegou a ponto de confrontar o homem mau, mas não conseguiu inventar o que dizer, de modo que insistiu que precisava correr para a sua aula de relações internacionais.

E assim aquilo continuou: meu pai acordava e se deparava com uma plateia ao mesmo tempo exigindo a solução e detestando a expectativa. Mas ele se enredou em todas as tramas e histórias secundárias, e ficava sempre adiando a conclusão, na esperança de que ela por fim lhe ocorresse. Sua plateia foi diminuindo, até que um de seus colegas de quarto (Raf, que viria a se tornar um controlador de tráfego aéreo maníaco-depressivo) o acusou de estar mentindo. Aquilo magoou meu pai, pois ele era um homem honesto, mas ele sabia que não podia dizer que Raf estava errado. Ele caiu na armadilha de sua própria imaginação, meu pai. Ele deslizou pela ladeira escorregadia da irrealidade e não conseguia rastejar para cima de novo. Foi quando ele aprendeu sua lição, ele disse. Foi quando ele tornou-se comprometido com o real.

MINHA VIDA

Um dia meu pai chegou do trabalho com uma câmera Super 8 que pegou emprestado de um de seus colegas de trabalho (Bozo A, faixa preta em caratê e com um tumor em progresso no cérebro – ele morreu antes que meu pai pudesse devolver a câmera). A Super 8 era menor do que eu imaginara, exibindo uma espécie de seriedade tecnológica que sugeria que apenas coisas importantes podiam ser gravadas com ela. Ele anunciou sua vontade de fazer um filme que não mentisse. Quando minha mãe perguntou sobre o que seria o filme, ele descartou a pergunta, considerando-a imatura. "A verdade", ele disse. "É claro."

No entanto, papai escreveu o roteiro de seu filme em uma semana, ao fim da qual declarou que ele seria a história de sua vida. Eu fui escalado para representá-lo quando jovem e minha irmã para representar a irmã dele (ele não disse qual delas – ele tinha cinco), e minha mãe seria sua assistente. Ela na mesma hora se demitiu do cargo de assistente de direção, já que queria passar as férias lendo, mas as filmagens foram marcadas para meados de junho de 1986, quando deveríamos ir para o campo visitar meus avós – iríamos filmar na locação.

Meu pai recusou-se a nos mostrar o roteiro, sem se preocupar com o fato de que os atores normalmente têm que ver os roteiros: ele queria que a própria vida fosse nossa inspiração, pois, lembrou-nos, aquele filme deveria ser *real*. Entretanto, durante nossa regular inspeção de sua escrivaninha (minha irmã e eu vasculhávamos os documentos e objetos pessoais de nossos pais para nos mantermos a par do desenvolvimento deles), encontramos o roteiro. Posso reproduzi-lo com bastante precisão, já que minha irmã e eu o lemos um para o outro várias vezes, com um misto de assombro e hilaridade. Ei-lo:

MINHA VIDA

1. *Nasço.*
2. *Ando.*
3. *Tomo conta de vacas.*
4. *Saio de casa para frequentar a escola.*
5. *Volto para casa. Todos ficam felizes.*
6. *Saio para ir para a universidade.*
7. *Estou na sala de aula. Estudo à noite.*
8. *Saio para dar uma volta. Vejo uma linda garota.*
9. *Meus pais conhecem a linda garota.*
10. *Caso-me com a linda garota.*
11. *Trabalho.*
12. *Tenho um filho.*
13. *Estou feliz.*
14. *Crio abelhas.*
15. *Tenho uma filha.*
16. *Estou feliz.*
17. *Trabalho.*
18. *Estamos à beira-mar, depois nas montanhas.*
19. *Estamos felizes.*
20. *Meus filhos me beijam.*
21. *Eu os beijo.*
22. *Minha mulher me beija.*

23. Eu a beijo.
24. Trabalho.
25. Fim

ADEUS

A primeira cena que deveríamos filmar (e a única que chegou a ser filmada) era a Cena 4. A locação era a encosta da colina no topo da qual ficava empoleirada a casa dos meus avós. Eu, no papel de meu pai aos dezesseis anos, deveria caminhar, afastando-me da câmera, com uma trouxa pendurada em uma vara em cima do ombro, assoviando uma melodia melancólica. Eu deveria me virar e olhar para além da câmera, como se olhasse para a casa que estava deixando – então, eu acenaria, dando adeus. Meu pai daria uma panorâmica da casa dos meus avós, embora, estritamente falando, essa casa não fosse a que ele deixara.

A primeira tomada fracassou porque eu não acenei com emoção suficiente. Minha mão, meu pai disse, parecia uma flácida galinha depenada. Ele precisava de mais emoção de mim – eu estava deixando minha casa para nunca mais voltar.

A segunda tomada foi interrompida quando meu pai decidiu dar um zoom em uma abelha que acabara de pousar em uma flor próxima.

Minhas duas tias apareceram repentinamente na terceira tomada, quando meu pai filmava o pungente adeus para a casa. Ficaram rindo, paralisadas pelas lentes por um instante, depois displicentemente acenaram para a câmera.

Todas as vezes, eu tinha que subir a colina à minha posição inicial, de modo que eu pudesse me afastar descendo a encosta na tomada seguinte. Minhas pernas doíam, estava com fome e com sede, e não podia deixar de questionar a sabedoria ditatorial de meu pai por que ele/eu não tomava um ônibus? Ele/eu não iria precisar de mais coisas do que podia levar numa trouxa? Ele/eu não precisava de comida para a viagem?

Durante a quinta tomada, o filme da câmera acabou.

A sexta tomada foi quase perfeita: eu me afastei da casa, os ombros caídos de tristeza, o passo apropriadamente hesitante, a comovente trouxa pendurada da vara convincentemente entortada. Virei-me, completamente imbuído do personagem e olhei para a casa e a vida que estava prestes a deixar para sempre: a casa era branca com um telhado vermelho; o sol se punha por trás dela. Lágrimas assomaram aos meus olhos quando acenei para o adorável passado, antes de partir para um futuro desconhecido, a mão como um metrônomo contando as batidas do mais triste adágio. Então, ouvi uma abelha zumbindo na minha nuca. Minha mão-metrônomo mudou para allegro quando a lancei para trás da cabeça tentando me defender. A abelha recusou-se a ir embora, aumentando furiosamente a rotação de seu pequeno motor, e a ferroada era iminente. Larguei a vara e comecei a correr, primeiro encosta acima, na direção da câmera, depois encosta abaixo, até meus calcanhares estarem chutando meu traseiro, os braços agitando-se descontroladamente, qualquer semelhança de ritmo abandonada. A abelha me perseguiu implacável e incansavelmente, e eu estava mais aterrorizado com sua determinação do que com a dor que viria: ela não desistia, mesmo quando eu estava gritando, atirando os braços para todos os lados, arremetendo-me para a frente a toda a velocidade, uma confusão maníaca de movimentos descoordenados. E quanto mais eu corria, mais longe ficava de qualquer ajuda e consolo. Foi no instante antes de tropeçar e cair de pernas para o ar que compreendi que a abelha estava presa nos meus cabelos – a tentativa de escapar era inútil. Senti a picada quando rolava ladeira abaixo, em direção ao sopé que eu jamais alcançaria. Fui parado por um espinheiro, quando então a picada tornou-se indistinguível entre tantas outras dos espinhos.

Preciso dizer que meu pai continuou filmando tudo isso? Lá estou eu, abanando os braços loucamente, como se tentasse levantar voo, um Ícaro tolo saltando ladeira abaixo, cada vez mais longe dos céus, enquanto uma vaca me observa, ruminando com uma sublime ausência de interesse, sugerindo que Deus e suas inocentes criaturas jamais dariam a mínima importância à queda de um homem. Então, eu caio e bato no arbusto de espinhos, e meu pai, com a presença de espírito de sua mente de diretor, meu pai me dissolve até eu sumir.

OUTRAS OBRAS

À biografia criativa de meu pai, eu deveria acrescentar seus dotes de carpinteiro, que quase sempre alcançavam píncaros poéticos: mais de uma vez nós o vimos afagando ou beijando um pedaço de madeira que estava prestes a se transformar em uma prateleira, um banco ou uma moldura de colmeia; não raro, ele me forçava a tocar e depois cheirar uma peça de madeira "perfeita"; ele exigia que eu apreciasse a superfície lisa e sem nós, seu aroma natural. Para papai, um mundo perfeito consistia em objetos que você podia segurar com as mãos.

Ele construía todo tipo de coisas: estruturas para abrigar as plantas de minha mãe, caixas de ferramentas, camas e cadeiras, colmeias etc. mas sua obra-prima de carpintaria era uma mesa de cozinha sem pregos que ele passou um mês construindo. Ele pagou o preço: certa tarde, emergiu de sua oficina, a palma da mão cortada com um cinzel, o sangue jorrando e borbulhando do meio do corte, como de uma fonte – um detalhe digno de um milagre bíblico. Ele mesmo dirigiu até o hospital e depois o carro parecia a cena de um crime.

Ele também gostava de cantar qualquer coisa que permitisse seu barítono rudimentar transmitir sofisticados cataclismos emocionais. Lembro-me da noite em que o encontrei sentado diante da TV, com um caderno de anotações e um lápis impecavelmente apontado, esperando o show musical que iria apresentar sua canção favorita na época: "Kani Suzo, Izdajice" – "Caia, lágrima traiçoeira." Ele anotou a letra da canção e nos dias seguintes ele cantou "Kani Suzo, Izdajice" das profundezas de sua garganta, cantarolando pelas partes da letra que não conseguia lembrar, preparando-se para futuras apresentações. Ele cantava em festas e reuniões de família, às vezes pegando um violão desafinado da mão de alguém e fornecendo um acompanhamento que compreendia os mesmos três acordes (Am, C, D7), independentemente de qual fosse a música. Ele parecia acreditar que mesmo um violão desafinado criava uma "atmosfera", enquanto a simplificação harmônica aumentava o impacto emocional de qualquer canção. Uma coisa era preciso admitir: era difícil negar o poder de seu barítono contra o fundo do ruído dissonante digno da Sonic Youth, uma lágrima brilhando no canto do olho, à beira de cometer traição.

Sua arte na fotografia merece ser mencionada, ainda que sua função principal fosse registrar o implacável passar do tempo. A maioria de suas fotos são estruturalmente idênticas, apesar da mudança de roupas e de pano de fundo: minha mãe, minha irmã e eu olhando para a câmera, o fluxo do tempo medido pela quantidade crescente de rugas e de cabelos grisalhos de minha mãe, a amplitude do sorriso radiante de minha irmã e a estupidez do meu sorriso forçado e dos meus olhos apertados.

Mais uma coisa: certa vez, ele comprou um caderno de notas e escreveu na primeira página: *Este caderno é para expressar os pensamentos e sentimentos mais profundos dos membros da nossa família*. Ao que parecia, ele pretendia usar esses sentimentos e pensamentos como material para um livro futuro, mas poucos foram expressos. Eu, para começar, certamente não iria deixar meus pais ou minha irmã (sempre ansiosa para implicar comigo até às lágrimas) a par dos tumultuados acontecimentos na minha alma de adolescente. Assim, havia apenas duas anotações: uma observação enigmática de minha mãe, que provavelmente apenas pegou o caderno enquanto estava ao telefone e escreveu:

Sexta-feira
Crianças saudáveis
Tomilho

E uma frase da minha irmã, em sua caligrafia precisa e cuidadosa de pré-adolescente:

Estou realmente triste, porque o verão está quase no fim.

O LIVRO-VERDADE

Qualquer coisa que transmitisse a realidade ganhava a apreciação incondicional de meu pai. Ele desconfiava dos noticiários, incansavelmente listando os triunfos diários do socialismo, mas era viciado nas previsões do tempo. Lia os jornais, mas só considerava confiáveis os obituários. Adorava documentários sobre a natureza, porque a existência e o significado da natureza eram evidentes por si próprios – não havia como negar uma cobra engolindo um rato ou um guepardo saltando nas costas de um macaco exausto e aterrorizado.

Meu pai, acredite, ficava profunda e pessoalmente ofendido por qualquer coisa considerada irreal. E nada o insultava mais do que a literatura; o conceito inteiro era uma fraude. Não somente o fato de que as palavras – cuja realidade é, na melhor das hipóteses, precária – constituíssem tudo de que a literatura era formada, mas essas palavras eram usadas para transmitir *o que nunca aconteceu*. Essa aversão à literatura e sua natureza espúria pode ter sido agravada pelo meu profundo interesse pelos livros (pelo que ele culpava minha mãe) e minhas consequentes tentativas de despertar seu interesse. Em seu aniversário de quarenta e cinco anos, eu ingenuamente lhe dei um livro chamado *O mentiroso* – ele não leu nada além do título. Uma vez li para ele um trecho de um conto de García Márquez em que um anjo cai do céu e acaba em um galinheiro. Depois disso, meu pai ficou seriamente preocupado com minhas faculdades mentais. Houve outros incidentes similares, todos eles suficientemente espantosos para ele começar a mencionar *en passant* seu plano de escrever um livro-verdade.

Ele não parecia achar que escrever tal livro fosse uma tarefa particularmente difícil – tudo de que se precisava era não se deixar levar por fantasias indulgentes, restringir-se ao que realmente acontecera, apegar-se à sua inquestionável solidez. Ele podia fazer isso, sem problemas; só precisava de algumas semanas de folga. Mas ele nunca encontrava tempo: havia seu emprego, abelhas, coisas a construir e as imprescindíveis sonecas reparadoras. Somente uma vez tentou escrever alguma coisa – certa tarde, encontrei-o roncando no sofá com seu caderno de anotações no peito e um lápis com a ponta quebrada no chão, as únicas palavras escritas: *Há muitos anos.*

O REFÚGIO DO ESCRITOR

Meu pai começou a escrever no Canadá, no inverno de 1994. Haviam acabado de chegar, depois de dois anos de exílio e de perambular a esmo como refugiados, os anos que passei fazendo biscates e procurando conseguir um visto de permanência em Chicago. Eles deixaram Sarajevo no dia em que o cerco começou e foram para a casa dos meus falecidos avós no campo, ostensivamente fugindo da confusão. A verdadeira razão era de que estava na hora dos trabalhos de primavera no apiário de meu pai, que ele mantinha na propriedade da família. Passaram um ano lá, em uma colina chamada Vučijak, vivendo do que plantavam na horta, observando caminhões de soldados sérvios indo para o *front*. De vez em quando, meu pai lhes vendia mel e no final do verão daquele ano começou a vender hidromel, apesar de os soldados preferirem se embebedar com *slivovitz*. Meus pais ouviam secretamente o noticiário da sitiada Sarajevo e temiam uma batida na porta no meio da noite. Então, minha mãe teve uma inflamação da vesícula e quase morreu, de modo que eles foram para Novi Sad, onde minha irmã tentava terminar a faculdade. Eles solicitaram um visto de emigração para o Canadá, conseguiram, e chegaram em Hamilton, Ontario, em dezembro de 1993.

Da janela do apartamento não mobiliado, no décimo quinto andar, para o qual se mudaram, podiam ver montes de neve, as colunas de fumaça das usinas siderúrgicas de Hamilton e um estacionamento vazio. Tudo era preto e branco, vazio e cinzento, como um filme existencialista europeu (que meu pai achava irreal sem exceção e morbidamente maçante, além de tudo). Ele começou a se desesperar assim que pisou em solo canadense: não sabia onde tinham aterrissado, como iriam viver e comprar comida e móveis; não sabia o que lhes aconteceria se um deles ficasse gravemente doente. E era perfeitamente óbvio para ele que jamais aprenderia o inglês.

Minha mãe, por sua vez, deixou seu lado estoico assumir o comando – em parte para contrabalançar os mais sombrios temores do meu pai, em parte porque se sentia tão derrotada que nada mais importava. Agora, ela podia entregar-se ao trágico fluxo das coisas e deixar que acontecesse o que quer que tivesse que acontecer. Minha mente guarda uma imagem de minha mãe paciente e inexoravelmente revirando um Cubo de Rubik nas mãos, enquanto a TV noticiava um massacre em Sarajevo, completamente impassível diante do fato de que ela não estava, nem nunca estaria, perto da solução.

Logo minha mãe arrumou o apartamento com a mobília usada que sua professora de inglês lhes tinha dado. O lugar ainda parecia vazio, destituído de todas aquelas migalhas de uma vida vivida que os conduzem de volta para casa: o pesado cinzeiro de malaquita verde que papai trouxera do Zaire; uma fotografia de mim e de minha irmã quando éramos crianças, sentados em uma cerejeira, sorrindo, minha irmã com o rosto pressionado contra meu braço, eu agarrando-me a um galho com as duas mãos como um chimpanzé (caí da árvore e quebrei as duas mãos no instante seguinte àquele em que a fotografia foi tirada); um broche em formato de aranha que minha mãe guardava em um pesado cinzeiro de cristal; uma mancha de umidade em um cano do banheiro que parecia um Lenin barbado e de cabelos compridos; vidros de mel com etiquetas de abelhinhas voando dos cantos para o centro, onde as palavras "MEL VERDADEIRO" destacavam-se em negrito – nada disso estava lá e agora desbotavam-se lentamente em meras lembranças.

Meu pai abandonou as aulas de inglês, furioso com o idioma que aleatoriamente distribuía artigos inúteis e insistia em ter um sujeito em cada maldita frase. Deu telefonemas de surpresa a companhias canadenses e, em um inglês ininteligível, descreveu sua vida, que incluía ser um diplomata nas maiores cidades do mundo, a recepcionistas perplexas que simplesmente o deixavam esperando indefinidamente na linha. Ele quase foi sugado para dentro de um empreendimento arriscado, criado por um suspeito ucraniano que o convenceu de que havia dinheiro no contrabando de penas de ganso ucranianas e na venda para a indústria canadense de roupas de cama.

Às vezes eu telefonava de Chicago e meu pai atendia.

– E então, o que anda fazendo? – eu perguntava.

– Esperando – ele dizia.

– O quê?

– Esperando morrer.

– Deixe-me falar com mamãe.

E assim, certo dia, quando seu infortúnio tornou-se tão devastador que sua alma doía fisicamente, como um dedão do pé machucado ou um testículo inchado, ele decidiu escrever. Ele não mostrava seus escritos para minha mãe, nem para minha irmã, mas elas sabiam que ele escrevia sobre abelhas. Na verdade, um dia, no começo da primavera de 1994, recebi um envelope de papel pardo, com outro envelope dentro, no qual estava escrito, em letras cursivas dramáticas, *As abelhas, Parte I*. Confesso que minhas mãos tremiam enquanto eu folheava o manuscrito, como se estivesse desenrolando um pergaminho sagrado, descoberto depois de mil anos adormecido. A sensação de santidade, entretanto, foi diminuída por uma enorme e pegajosa mancha de mel na página seis.

AS ABELHAS, PARTE I

Existe algo conectando indefectivelmente nossa família e as abelhas, meu pai inicia a narrativa. *Como um membro da família, as abelhas sempre voltaram.*

Ele, então, orgulhosamente, informa ao leitor que foi seu avô Teodor (o bisavô do leitor) que levou a criação civilizada de abelhas para a Bósnia, onde os nativos ainda criavam abelhas em colmeias de palha e lama e as matavam com enxofre, *todas elas*, para obter o mel. Ele se lembrava de ver colmeias de palha e lama nos quintais dos vizinhos, e lhe pareciam estranhas, uma relíquia da idade das trevas em matéria de criação de abelhas. Ele reconta a história das poucas colmeias que vieram com a família do interior da Ucrânia para a terra prometida da Bósnia – a única coisa prometida era abundância de madeira, que lhes permitia sobreviver ao inverno. As poucas colmeias multiplicaram-se rapidamente, o desenvolvimento da criação de abelhas no noroeste da Bósnia em nada obstruído pela Primeira Guerra Mundial. Meu avô Ivan, que tinha doze anos quando chegou à Bósnia (em 1912), tornou-se o primeiro presidente da Sociedade de Criação de Abelhas de Prnjavor. Meu pai descreve uma fotografia do piquenique de fundação da Sociedade: o avô Ivan está no centro de um grande grupo de camponeses bem arrumados, com modernos, na época, bigodes longos e chapéus de abas viradas para cima. Alguns camponeses exibiam orgulhosamente as faces inchadas de picadas de abelhas.

Às vezes, havia interessantes diabruras com as abelhas, meu pai escreve, deixando de mencionar qualquer *diabrura*. Uma frase inesperada é uma de suas muitas idiossincrasias de estilo: sua voz alterna do estabelecimento do contexto histórico com uma frase opressiva, fatídica, como *A guerra assomava pela estrada de terra* ou *Deuses da destruição apontavam seus dedos irados para nossos vidros de mel*, para as explicações altamente técnicas da arquitetura revolucionária das colmeias de seu pai; da discussão de que abelhas morrem uma morte terrível depois que picam (e as implicações filosóficas a partir daí) às descrições poéticas de espinheiros em flor e ao assobio da rainha na noite anterior ao momento em que as abelhas devem deixar a colmeia.

Papai dedica quase uma página ao momento em que ele, pela primeira vez, reconheceu uma rainha. *Uma colmeia contém cerca de 50.000 abelhas*, escreve, *e apenas uma rainha*. Ela é perceptivelmente maior do que as outras abelhas, que dançam ao seu redor, movendo-se e girando de *uma maneira peculiar, talvez até mesmo reverente*. Seu pai apontou a rainha em um quadro pesado de abelhas e mel e, escreve meu pai, *foi como atingir o centro do universo* – a vastidão e a beleza do mundo lhe foram reveladas, *a lógica por trás de tudo*.

Com uma transição abrupta, ele declara que *o período mais bem-sucedido de nossa criação de abelhas terminou em 1942, durante a Segunda Guerra Mundial, quando pela primeira vez perdemos nossas abelhas*. É evidente que foi uma enorme catástrofe para a família, mas meu pai mantém tudo em perspectiva, provavelmente por conta do que estava ocorrendo na Sarajevo sitiada na época em que ele escrevia. *Coisas piores podem lhe acontecer. Uma família inteira, por exemplo, pode desaparecer sem deixar traços*, ele escreve. *Nós não desaparecemos, o que é excelente.*

Então, ele desenha um pequeno mapa no centro do qual está a colina de Vučijak, perto da cidade de Prnjavor, cujo nome aparece na margem da página. Ele desenha uma linha reta de Prnjavor a Vučijak (6 *quilômetros*, ele escreve ao longo da linha), ignorando os riachos, as florestas e as colinas entre um ponto e outro (inclusive a colina de onde eu rolei). Ele coloca estrelinhas ao redor da página, que parecem representar diferentes vilarejos e pessoas naquela área. *Era um lugar realmente multinacional*, ele diz, melancolicamente. *Alemães, húngaros, tchecos, poloneses, ucranianos, eslovacos, italianos, sérvios, muçulmanos, croatas e todos os mestiços.* Ele calcula que havia dezessete nacionalidades diferentes – havia até mesmo um alfaiate em Prnjavor que era japonês. Ninguém sabia dizer como ele chegara ali, mas quando ele morreu, restaram apenas dezesseis nacionalidades. (Bem, devo dizer que andei perguntando sobre o alfaiate japonês e ninguém mais se lembra ou ouviu falar dele.) Em 1942, a criminalidade grassava e havia bandos errantes de fascistas sérvios e croatas, bem como de partidários de Tito. Todos esses *outros*, que não tinham unidades próprias, exceto os alemães, eram suspeitos e vulneráveis. Certo dia, dois *semissoldados* apareceram na porta da casa da família. Eram seus vizinhos, camponeses simples, salvo por seus rifles dilapidados e gorros com a estrela vermelha partidária na frente e a insígnia *chetnik* (uma águia feia com suas poderosas asas abertas) na parte de trás – mudavam de posição segundo a necessidade. Iria haver uma grande batalha, disseram os camponeses, a mãe de todas as batalhas. *Disseram que éramos aconselhados a ir embora.* Os camponeses disseram que iriam trancar tudo a cadeado e *nos mostraram uma enorme chave, para a qual obviamente não havia nenhum cadeado.* Sugeriram, tocando as facas em seus cintos como se inadvertidamente, que *levássemos apenas o que podíamos carregar.* Papai suplicou-lhes que nos deixassem levar uma vaca; minha mãe, cinco irmãs e dois irmãos choravam. O inverno batia à porta. Talvez tenha sido o choro que fez esses vizinhos terem pena e deixarem a família de meu pai levar uma vaca, embora tenha sido a vaca doente – seu úbere murcho não forneceria nenhum leite ou consolo. *E nós deixamos trinta colmeias para trás.*

A letra de meu pai muda no começo do parágrafo seguinte; as letras grossas se afinam; a escrita cursiva se torna irregular; veem-se duas frases riscadas. Sob o manto dos ferozes rabiscos, consigo decifrar várias palavras e pedaços de frase: *urina... aspirina... pertencente a... e pele... foice.*

Eu tinha seis anos, ele continua após a interrupção, *e carregava um moedor de carne.* Sua mãe carregava o irmão mais novo – *ele se agarrava ao seu peito como um macaquinho.* Seu irmão soluçava, agarrado a uma gravura de duas crianças atravessando uma ponte sobre águas turbulentas, *um anjinho rechonchudo esvoaçando acima deles.*

Somente após alguns meses é que *todos os detalhes da pilhagem feita pelos vizinhos* veio à luz, mas meu pai não relaciona os detalhes. Depois de esvaziarem a casa, o sótão e o celeiro, finalmente chegaram às abelhas. Tudo que queriam era o mel, ainda que não houvesse muito, apenas o suficiente para ajudar as abelhas a sobreviverem ao inverno. Eles abriram as colmeias e sacudiram as abelhas. As abelhas ficaram indefesas: era final de outubro, fazia frio e elas não podiam voar ou picar. *Elas caíram no chão em absoluto silêncio: nenhum zumbido, nenhum sinal de vida; todas morreram naquela noite.* Quando a família retornou a casa, meu pai viu uma pilha mole de abelhas putrefatas. *Antes de morrerem, elas se amontoaram para manter o calor.*

Algumas colmeias haviam sido roubadas por Tedo, um vizinho, que também criava abelhas. Meu avô Ivan sabia que Tedo tinha algumas de nossas abelhas, mas nunca as pediu de volta. Tedo apareceu por lá um dia e, incapaz de olhar meu avô Ivan nos olhos, alegou que só estava tomando conta das abelhas enquanto a família estava fora. Ofereceu-se para devolvê-las. *Lembro-me de ir com meu pai para recuperar nossas colmeias. Fomos em um trenó e tivemos que tomar cuidado para não sacudir nossas duas colmeias, com receio de que as abelhas desfizessem os rolos que formavam no inverno para se manterem aquecidas.* Meu pai sentou-se entre as colmeias, segurando-as, no caminho de volta. Era uma noite fria, *com estrelas brilhando como pingentes de gelo.* Se fossem cuidadosos e pacientes, seu pai lhe disse, essas duas colmeias gerariam muitas outras. No ano seguinte, tinham seis colmeias, depois o dobro, e em poucos anos tinham vinte e cinco.

AS CONDIÇÕES DE PRODUÇÃO

Devo respeitar o desejo de meu pai – na verdade, sua necessidade – de fazer um livro-verdade. Portanto, devo despender alguns parágrafos sobre as condições de sua produção da verdade. Claro, eu não estava lá na época, de modo que tenho que usar os relatos de testemunhas confiáveis (minha mãe, basicamente). Assim: ele escrevia principalmente à tarde, a lápis, em folhas de fichário, com a letra cursiva inclinada de um diplomata. Ele apontava o lápis com um canivete suíço (um presente do *duty-free* para si mesmo, de anos atrás), enchendo o chão do quarto de dormir com aparas, sentado na cama com a mesinha de cabeceira entre as pernas. Os lápis, comprados em lojas de um dólar, quebravam a ponta facilmente e ele os jogava longe, enfurecido. Ao telefone, eu tinha que ouvir suas detalhadas queixas e sua apreciação retroativa dos "nossos" lápis, que eram duráveis e confiáveis. Às vezes, ele ficava lá apenas fitando as colunas de fumaça de Hamilton ou assobiando para os pombos na sacada, atraídos pelas migalhas de pão que minha mãe deixara para eles. Ele frequentemente interrompia o tempo dedicado à inspiração servindo-se de uma fatia de pão com manteiga e mel. Por fim, começava a escrever e às vezes continuava por até quarenta e cinco minutos – uma eternidade para alguém que possuía um ritmo cardíaco perpetuamente acima do normal, alguém tão impaciente e infeliz quanto meu pai.

Estou segurando seu manuscrito nas mãos neste exato momento e posso ver os vaivéns de sua concentração; posso decodificar suas dores lombares aumentando e diminuindo: caligrafia firme, homogênea, no alto, digamos, da página dez, que depois começa a serpentear na página onze; palavras aleatórias escritas nas margens (*anão... cavaleiros... melancia... massacre*); frases completas perfuradas pela lança pontiaguda do descontentamento do escritor (*A criação de abelhas era uma atraente atividade de verão*); adjetivos fazendo companhia a substantivos áridos e solitários (*fedorentos* soprando ao redor de *pés*; *clássico* acompanhando *roubo*; *dourado* derretendo-se sobre *mel*). Por volta da página treze, podem-se ver intervalos maiores entre as frases, as palavras grafadas com lápis grosso afinando-se depois de uma sessão de apontamento. Há cortes no meio de frases, com discrepâncias sintáticas entre orações dependentes e independentes, sugerindo a fragmentação de seu pensamento, os estilhaços voando em todas as direções. Às vezes, uma frase simplesmente deixa de existir: *Nós sabemos*, e depois mais nada; *É preciso que se diga*, mas é impossível saber o que deve ser dito.

E algo perturbador e estranho acontece por volta da página dezessete. Meu pai está no meio da narração de uma história cômica sobre Branko, um vizinho, vítima de um ataque de abelhas. Nesse ponto do relato, vovô Ivan é o responsável por um apiário coletivo socialista, porque todas as suas colmeias foram confiscadas pela cooperativa. Ele é encarregado de cerca de duzentas colmeias – um número grande demais para manter em um único lugar, *mas ordens são ordens*. Meu pai, treze anos na época, o ajuda. *O dia está esplêndido; os pássaros cantam; há uma macieira no centro do apiário, seus galhos quebrando com o peso dos frutos.* Trabalham em profundo e completo silêncio, interrompido apenas pelo baque surdo ocasional de uma maçã madura caindo no chão. Um enxame de abelhas pendura-se de um dos galhos e eles precisam colocar as abelhas em uma colmeia. Vovô Ivan sacudirá o galho, enquanto meu pai segura a colmeia sob ele. Quando o enxame atingir a colmeia, ele se assentará, seguindo a rainha. *Mas eu posso ser fraco demais para segurar a colmeia e se o enxame errar o alvo, podem simplesmente cair sobre mim. Bem, elas não picam quando estão em um enxame, mas se caírem com o ferrão na frente, ainda podem me ferir. E o pior é que teríamos que esperar que elas se agrupassem de novo. Meu pai avalia a situação.* Então surge Branko, obviamente com más intenções. Ele odeia abelhas, porque já foi picado muitas vezes, mas oferece sua ajuda. Provavelmente espera poder roubar alguma coisa ou espionar vovô Ivan, que aceita sua ajuda. Assim, Branko fica parado embaixo do enxame, olhando nervosamente para as abelhas acima, andando em um pequeno círculo, tentando centralizar a colmeia. Enquanto ele ainda está se movendo, vovô Ivan sacode o galho com uma vara comprida e envergada, e o enxame cai diretamente sobre Branko. Antes que um único ferrão perfure sua pele, Branko já está gritando e sacudindo cabeça, ombros e quadris como se possuído por uma horda de demônios. O parágrafo é abruptamente interrompido quando Branko dispara em pânico para fora do apiário, atravessa uma cerca viva e se lança em uma poça de lama, enquanto uma porca imensa, a proprietária da poça de lama, olha para ele, letargicamente perplexa. Meu pai rola no chão de tanto rir, enquanto o que poderia ser o esboço de um sorriso aflora no rosto do vovô Ivan, desaparecendo rapidamente em seguida.

No parágrafo seguinte, com uma letra tão tensa e fraca que parece evanescente, meu pai fala de uma epidemia que atacou as colmeias da cooperativa, espalhando-se rapidamente, já que estavam muito amontoadas, e dizimando toda a população de abelhas. Ele descreve a imagem aterradora de *uma espessa camada de abelhas mortas brilhando na grama*. Vovô Ivan está agachado, em completo desânimo, apoiado em uma árvore, cercado por maçãs podres que atraem moscas histéricas. *Assim é a vida*, meu pai conclui, *uma luta atrás da outra, uma perda atrás da outra, um tormento infindável.*

PAIS E FILHAS

Levei algum tempo para descobrir o que acontecera entre um parágrafo e outro. Minha fonte confirmou que o intervalo durou um mês, no começo do qual meu pai recebeu um telefonema de Nada, a filha de seu primo-irmão Slavko, que havia emigrado, sozinho, de Vrbas, Iugoslávia, e acabara em Lincoln, Nebraska. Ela fizera a faculdade lá, graduando-se em biblioteconomia e fazendo também uma especialização em teologia. Slavko crescera com meu pai – eram da mesma idade – e morrera recentemente como um alcoólatra consumado. Nada telefonara para meu pai porque, segundo ela, seu pai havia lhe contado histórias da infância: os jogos, as aventuras, a pobreza – a infância deles, ele havia dito, fora maravilhosa. Meu pai ficou encantado, disse-lhe para telefonar sempre que quisesse, pois "família é família". Seguiram-se alguns telefonemas, mas eram caros demais, tanto para Nada quanto para meu pai, de modo que começaram a trocar cartas. Em vez de escrever *As abelhas*, meu pai relembrava o passado em cartas a Nada, afetuosamente recordando as "*diabruras*" infantis dele e de Slavko, implicitamente relacionando suas perdas. Minha mãe disse que se Nada não fosse da família e trinta e poucos anos mais nova, ela teria pensado que seu pai estava apaixonado. Agora havia alguém para quem ele podia descrever sua vida praticamente do zero, alguém a quem ele podia contar a história real. Eu nunca vi as cartas de Nada, mas minha mãe diz que quase sempre eram bombásticas, lamentando o fato de que, apesar da infância maravilhosa, seu pai acabou um homem fraco e amargo. E sua mãe era abertamente receptiva à atenção de outros homens. E seu irmão não era muito inteligente e ela nunca tivera nada em comum com ele. Ela também odiava a América e os americanos, seu provincianismo, aquela cultura burra e sem raízes de cheesebúrgueres e entretenimento barato. Ela era obviamente uma infeliz, minha mãe dizia, mas meu pai de um modo geral era alheio a tudo isso. As cartas dele eram fartas em maçãs de gosto indescritível (ao contrário das maçãs que se obtinham no Canadá, que pareciam ter sido lavadas a seco) e reuniões de família onde todos cantavam, se abraçavam e lambiam as pontas dos dedos sujas de mel.

Após uma interrupção na correspondência e muitas mensagens não respondidas que meu pai deixava em seu correio de voz, Nada enviou por fax uma carta de sessenta e cinco páginas no meio da noite – meus pais foram acordados por uma avalanche de papéis deslizando do aparelho de fax. No fax o pai dela foi elevado à categoria de molestador de criancinhas, a mãe, a uma prostituta barata, o irmão, a um masturbador compulsivo e sem-vergonha. A América evoluíra para um inferno asqueroso de idiotismo e vazio, governado pelos judeus e pela CIA. Sua colega de quarto (uma vagabunda latina) estava tentando assassiná-la; seus professores falavam mal dela com seus colegas de turma quando ela não estava presente, mostrando fotografias tiradas secretamente de seu corpo nu, diante das quais os rapazes das fraternidades masturbavam-se freneticamente. Seu médico tentou estuprá-la; recusaram-se a lhe vender leite no supermercado; no escritório do serviço de imigração, onde ela fora requerer seu visto de permanência, a mulher que a entrevistou se tocava por baixo da mesa e tinha cascos em lugar de pés; e alguém estava trocando as palavras nos livros em que ela estudava – todos os dias, os livros estavam cheios de novas *mentiras, mentiras, mentiras*. No começo, ela acreditara que estava sendo perseguida por pessoas invejosas, que a odiavam porque ela era virginalmente pura, mas agora ela achava que Deus se transformara no mal e começara a expurgar os inocentes. *A única esperança que me resta é você*, ela escreveu na página sessenta. *Poderia vir aqui e me tirar desse poço do inferno?* Depois, nas últimas páginas, antes de o fax terminar abruptamente, ela avisou meu pai a meu respeito, lembrando-o do mito de Édipo e do fato de que eu vivia nos Estados Unidos, o que significava que eu era corrupto e indigno de confiança. *Não se esqueça*, escreveu, *que Deus preferiu filhos a pais e filhas*.

    Eu nunca conheci Nada ou seu pai. Sob o risco de parecer piegas ou malicioso, devo registrar que a tradução do nome dela é "esperança". Depois disso, eu vi esse fax do inferno: as letras histéricas e os pontos de exclamação estão desbotados, por causa do toner fraco do fax e da passagem do tempo.

UMA HISTÓRIA DIFERENTE

Meu pai continuou ligando para Nada, continuou não recebendo resposta, até que sua colega de quarto meretriz, uma tal de Madrigal, pegou o telefone e disse ao meu pai que Nada havia sido "institucionalizada". Ele não compreendeu a palavra e não conseguiu pronunciá-la para mim para que eu a traduzisse, de modo que liguei para Madrigal. "Ela surtou" – Madrigal me disse. "Na biblioteca. Ouvia vozes vindas dos livros, espalhando boatos odiosos a seu respeito."

Meu pai ficou arrasado. Ligou para alguém da Universidade de Nebraska e com seu inglês de Tarzan pediu a essa pessoa para visitar Nada na instituição e dizer-lhe que ele havia ligado. "Não fazemos isso", o anônimo cidadão de Nebraska declarou. Papai sentou-se em sua mesinha de cabeceira, apontando freneticamente o lápis, mas sem escrever, até ficar reduzido a um toco que ele mal conseguia manter entre os dedos. Ele telefonou a todos os membros de sua família que conseguiu localizar, como se eles pudessem reunir suas ondas mentais e mandar um remédio telepático para Nada. Ele me telefonava quase todos os dias e depois exigia que eu ligasse imediatamente de volta, já que não podiam arcar com a despesa desses telefonemas. Ele me fazia relatórios de suas tentativas vãs de contactar Nada e finalmente me pediu para ir a Lincoln e localizá-la, mas eu não podia. "Você se tornou americano", ele disse, desconsolado. Mas essa é outra história.

A MENSAGEM

Após o intervalo, sua história flui gota a gota com uma tristeza implícita. Meu pai sugere um incidente em que vovô Ivan foi picado por centenas de abelhas e, em consequência, passou alguns dias no que, segundo os relatos, era um estado de coma. *Mas ele nunca mais sentiu a dor nas costas que o atormentara durante anos.*

Ele dedica um parágrafo à criação de abelhas nos anos 1960 e 1970, *que pode ser considerada a segunda idade de ouro da criação de abelhas pela família, apesar de papai ter ficado completamente cego.* Quando vovô Ivan finalmente perdeu a visão, as abelhas começaram a morrer lentamente e pouco antes de sua morte restavam apenas três colmeias. Meu pai não podia ajudar a criação de abelhas. *Viajando e trabalhando pelo mundo, principalmente no Oriente Médio e na África, eu mal conseguia ver meus pais três vezes ao ano e não havia como dedicar qualquer parte do meu tempo às abelhas.*

Há a presença de remorso no espaço entre a frase anterior e a seguinte (e última):

Pouco antes de sua morte, papai convocou a mim e a meus irmãos para uma reunião a respeito da tradição de criação de abelhas da família. Sua mensagem

E aí termina *As Abelhas, Parte 1,* sem nenhuma mensagem transmitida, embora seja fácil imaginar qual deva ter sido. Meu avô morreu, minha avó também, meu pai juntamente com seus irmãos mantiveram as abelhas. Elas (as abelhas) sobreviveram a uma epidemia de varroa, a uma seca e ao começo da guerra na Bósnia. Quando a família emigrou para o Canadá, deixou para trás vinte e cinco colmeias. Pouco depois de sua partida, um bando de seus vizinhos, todos voluntários bêbados no exército da Sérvia, foram lá à noite e chutaram as colmeias de seus suportes; quando as abelhas debilmente tentaram escapar (era noite, fria novamente, elas se arrastaram pelo chão), os vizinhos lançaram umas duas granadas de mão e riram das abelhas mortas voando em todas as direções como se estivessem vivas. Os vizinhos, então, roubaram os pesados quadros e deixaram uma trilha de mel escorrendo em seu rastro.

O POÇO

Meu pai arranjou um emprego em uma usina siderúrgica de Hamilton, enchendo vagões com sucata. A usina era quente no verão, fria no inverno, e quando ele trabalhava no turno da noite, às vezes adormecia esperando o sinal verde ao volante de um Lincoln Town Car usado e decrépito. Dizia que o Lincoln o levara para casa enquanto ele dormia, como um cavalo fiel. Ele detestava o emprego, mas não tinha escolha.

Certa vez, ao percorrer os classificados nos jornais atrás de uma venda de garagem perfeita, ele encontrou um anúncio de venda de mel. Ligou para o número e de cara disse ao sujeito que não tinha dinheiro para comprar o mel, mas que adoraria ver suas abelhas. Como existe uma solidariedade entre criadores de abelhas, o sujeito convidou-o para uma visita. Era um húngaro, um carpinteiro aposentado. Ele deixou meu pai ajudá-lo com as abelhas, deu a ele exemplares antigos da *Canadian Beekeeping*, que meu pai tentava ler com a ajuda insuficiente do dicionário de minha mãe. Depois de algum tempo, o húngaro lhe deu um enxame e uma velha colmeia para ele começar seu próprio apiário. Ele advertiu meu pai por se recusar a usar macacão e chapéu de apicultor, até mesmo luvas, mas meu pai argumentou que as picadas eram boas para todo tipo de dor. Eu ainda não consigo imaginar em que língua eles deviam conversar, mas é quase certo que não era inglês.

Meu pai possui vinte e três colmeias agora e recolhe algumas centenas de quilos de mel por ano, que ele não consegue vender. "Os canadenses não apreciam o mel", ele diz. "Não o compreendem." Ele quer que eu o ajude a expandir para o mercado americano, mas eu asseguro a ele que os americanos compreendem o mel ainda menos do que os canadenses.

Recentemente ele resolveu escrever outro livro-verdade. Já tem até o título: *O poço*. Havia um poço perto da casa deles quando ele era pequeno. Todos iam lá pegar água. *O poço* seria uma história sobre os habitantes do povoado e seu gado, seus destinos cruzados. Às vezes, havia "incidentes interessantes". Certa vez, ele se lembra, a mula de alguém escapou e foi para o poço, pressentindo a água. Mas sua cabeça estava amarrada à perna – é como as pessoas forçavam as mulas a pastar. A mula fugiu, encontrou água, mas não conseguia beber. Ficou rondando por perto do poço, batendo a cabeça violentamente contra a calha, morrendo de sede, a água a centímetros de distância. E ela zurrava, sofrendo terrivelmente. *Ela zurrou o dia inteiro*, meu pai diz. *O dia inteiro e a noite inteira.*

Soldado americano

Quando eu estava na escola primária, adorava as semanas em que eu era o *monitor*, o encarregado de limpar o quadro-negro. Minha função era manter a esponja úmida e passar no quadro-negro quando o professor mandasse. Sentia um grande prazer em apagar tudo, no cheiro de giz molhado e na secura de minhas mãos depois, e adorava deixar a sala de aula para ir lavar a esponja no banheiro. O corredor era silencioso e vazio, recendendo a crianças limpas e cera de assoalho. Eu me deleitava com o rangido dos meus sapatos, os ecos no vácuo; andava devagar até o banheiro, ajustando meus passos para produzir um ritmo rangente. Havia algo estimulante em estar livre e sozinho no espaço vazio, enquanto o resto das crianças estava confinado nas salas de aula, a serem liberadas apenas no intervalo. Eu lavava a esponja sem pressa, depois caminhava de volta esticando cada passo para adiar minha volta à sala. De vez em quando, parava à porta de uma sala de aula e ficava ouvindo o que se falava lá dentro. Ouvia o murmúrio de crianças dóceis e a voz solene e firme do professor. O que me alegrava é que ninguém sabia que eu estava ali, livre, ouvindo. Eles não podiam me ver, mas eu podia ouvir tudo; eles estavam do lado de dentro e eu do lado de fora.

– Por que isso era tão empolgante? – Alma perguntou e olhou para o visor da pequena câmera digital, como se verificasse se eu ainda estava lá.

– Não sei. Eu me sentia livre – eu disse. – Estava lá, mas não estava.

Ela havia dito que era grande admiradora do meu trabalho e, como uma compatriota bósnia, sentia que nos meus livros eu me dirigia diretamente a ela. Na verdade, ela se dirigira diretamente a mim, via meu *website* e, no começo, ignorei sua mensagem, mas depois ela me mandou outra me ameaçando com sua decepção. Sempre relutante em decepcionar as pessoas, respondi. Seu nome era Alma B.; era estudante de cinema na NYU e era bósnia, portanto interessada em questões de "identidade"; queria fazer filmes sobre "a experiência bósnia". O que a levou à verdadeira razão para entrar em contato comigo: como seu projeto de fim de curso, ela queria fazer um filme sobre mim, contar a história da minha vida e do meu deslocamento, a perda e a transformação, minhas complicadas identificações.

Todas as minhas identidades estão ao seu dispor, respondi habilmente.

Continuamos a nos corresponder e ela me fez muitas perguntas espinhosas. Geralmente, eu levava dias para respondê-las, em e-mails longos e repetitivos, divagando sobre qualquer coisa que me viesse à mente: a história de minha família e os crimes de guerra do regime de Bush; minhas ideias sobre rock 'n' roll e física quântica; minha teoria de futebol e poesia; a epistemologia de Conrad, de Rimbaud e a minha própria. Eu lhe contei as histórias da minha vida, enfeitando aqui, simplesmente inventando lá, pois eu sinceramente queria ajudá-la a escrever um bom roteiro e conseguir o financiamento para o seu projeto. Eu até mesmo tentei, timidamente, persuadi-la a fazer um curta no qual eu poderia representar a mim mesmo em diversas situações da minha vida – um desses curtas cerebrais pós-modernos de que todo mundo tanto gosta porque têm algo a ver com identidade – mas ela educadamente rejeitou a ideia. Eu também flertei com ela, pois, como todos sabem, a função do escritor é seduzir seus leitores. Por algum motivo, eu guardei toda a nossa correspondência.

Quando a proposta de seu projeto foi finalmente aceita, sugeri que ela fosse a Chicago para me encontrar, mas ela achou que devia começar do começo, descobrir mais a meu respeito e conversar com meus pais primeiro. Assim, ela viajou de carro até Hamilton, Ontario, em um fim de semana. Meus pais acharam que ela era uma amiga minha e, portanto, mais um de seus filhos; ao chegar, ela teve que prometer que passaria a noite. Minha mãe escavou fundo no seu repertório de bolos e tortas, pois ela sabia que não se podia enganar um verdadeiro bósnio com comida canadense; meu pai convocou nossos parentes, inclusive um primo com um acordeão, para cantar uma seleção de canções e beber à saúde dela e de sua família, e novamente à sua saúde. E ela registrou tudo em vídeo: a cantoria bêbada, meu pai falando-lhe do filme que ele dirigira um dia, minha mãe contando-lhe minha difícil adolescência – deve ter sido uma catástrofe, pensei ao ouvir a respeito. Não era difícil imaginar minha família embriagada seriamente minando a imagem do desajustado nobre e mundano que encontrou sua salvação na escrita, a imagem que eu tão cuidadosa e publicamente construíra. Contaram tudo a Alma, coisas que fiquei surpreso de que ainda pudessem se lembrar: contaram-lhe sobre a ocasião em que fui flagrado roubando calotas de automóveis; sobre a nossa jovem e bonita vizinha levando-me pela orelha até meus pais para que eu admitisse que saíra do meio do escuro e pulara em cima dela, agarrando um de seus fartos seios; sobre como padecia nas mãos de bullies, cujas perseguições cruéis por fim levaram um colega meu de turma (creio que seu nome era Predrag) a estourar os miolos. E para mim não era uma questão de danos à minha imagem, era que se essas histórias devessem ser contadas algum dia, eu era o único que deveria fazê-lo – eu era o único contador de histórias profissional da família.

Tentei descobrir dos meus pais como Alma reagira às suas revelações – pois eu não queria decepcioná-la antes mesmo de conhecê-la –, mas eles me garantiram que não havia nada a temer. Mesmo quando contavam histórias potencialmente comprometedoras, eles me apresentavam como alguém amável e adorável; meus pais eram (e ainda são) convencionais e sensatos, sempre dispostos a descartar qualquer tipo de comportamento alarmantemente refratário como "uma fase". E eles também partilharam suas doces lembranças de nossas curiosas férias de verão à beira-mar e de como eles haviam me deixado nadar em águas profundas, confiantes de que eu voltaria para o raso assim que ouvisse o assobio deles. (Lembro-me do maldito assobio: sombrio, cheirando a cuspe, com um desconcertante grão-de-bico dentro.) Mais tarde, Alma mostrou-me a cena em que eles zombavam de mim relembrando nossas férias de inverno, nossa cabana nas montanhas, para a qual fui sozinho no verão, disseram-lhe, para devorar livros grossos e escrever contos e poemas.

Meus pais gostaram muito de Alma. Ela era uma verdadeira bósnia, acharam: respeitosa com os mais velhos, amável e educada, ainda não contaminada pela América. "Ela fala com todo mundo", minha mãe disse. "Não se considera especial." Eles praticamente se ofereceram para adotá-la; na verdade, sempre preocupados com minha procriação, sugeriram não veladamente que poderíamos formar um bom casal. Quando telefonei para eles depois da visita de Alma, ambos vieram ao telefone para elogiá-la.

— Ela veio para a América sozinha. Tinha uma tia em Nova York — minha mãe disse. — Só tinha treze anos quando chegou. Ela é muito inteligente.

— Se você jogá-la em qualquer lugar, ali ela fica — meu pai disse. — Mas ela não tinha uma tia em Nova York, era um irmão mais velho. E tinha dezesseis anos quando chegou.

— Não, não, ela disse que o irmão foi assassinado por um franco-atirador em Sarajevo. E o pai teve um enfarte na guerra e a mãe morreu de câncer logo depois da guerra — minha mãe disse, e suspirou. — Seu pai nunca presta atenção a nada.

— Eu presto atenção — meu pai disse, irritado. — A mãe dela foi morta por um franco-atirador e o pai morreu depois da guerra.

— Veja só. Ele nunca me ouve, nem a ninguém. Tive que aturar isso a vida inteira: eu o mando comprar detergente, ele volta com três caixas de leite e já temos a geladeira cheia de leite. O que vou fazer com todo esse leite? — minha mãe diz. — Quisera ter sido abatida por um franco-atirador.

Naturalmente, quando Alma veio a Chicago para me entrevistar, não ousei lhe pedir para esclarecer quem em sua família morrera de câncer e quem fora morto por um franco-atirador. Mas ela demonstrava o tipo de serenidade alcançada através do sofrimento, portanto inatingível — talvez até invisível — para aqueles que não tivessem experimentado uma dor ou perda grave; compreendi por que meus pais gostaram dela. Observei-a enquanto montava sua câmera digital em um tripé em meu escritório: os cabelos curtos, ascéticos, e as mãos ágeis e determinadas; a cabeça grande, em forma de coração, dominada pelos olhos enormes, dramaticamente escuros; a testa delicadamente franzida em concentração. Seu corpo denotava um âmago endurecido, uma tenacidade irreversivelmente petrificada, a cicatriz da alma, mas eu ainda podia ver a pequena Alma nela, como costumava ser na escola primária: usando uma blusa branca e uma saia azul, meias brancas e sapatos vermelhos, os cabelos compridos brilhantes, meticulosamente penteados por sua mãe. "Ok, podemos começar", ela disse, quando estava pronta, e eu não tive escolha senão começar.

Apresentei-me à câmera, disse a ela onde nasci, descrevi a parte de Sarajevo perto da velha estação de trem onde eu cresci. Sou tão velho, eu disse, pilheriando, que me lembro dos trens a vapor. Costumávamos nos arrastar para baixo dos trens parados na estação, depois puxar uma tampa e deixar o vapor sair; queimei as canelas desse modo pelo menos uma vez. Também havia um cinema ali perto, Kino Arena, e íamos ver todos os filmes. Minha infância foi maravilhosamente socialista e não havia essa bobajada de classificação dos filmes por idade, de modo que podíamos ver o que quiséssemos: faroestes italianos, filmes de kung fu, pornôs alemães não explícitos, épicos de guerra comunistas, todo tipo de lixo americano – eu cresci com uma dieta constante de sexo e violência, eu disse, e não há absolutamente nada de errado comigo, não é?

Abrupta e indelicadamente, ela me perguntou sobre a fase em que eu incorporei um soldado americano, fingindo falar inglês o tempo todo. Meus pais lhe contaram que eu tinha um rifle do qual nunca me separava; eles haviam descrito como eu imaginava e executava operações de combate no meu quarto, às vezes no meio da noite, acordando minha irmãzinha, que por sua vez os acordava com seus berros.

– Você se lembra disso? – ela perguntou. – Pode me contar um pouco sobre você se imaginar americano?

Mais uma vez perplexo que meus pais pudessem recordar essa fase em particular, eu não conseguia entender qual o propósito de relembrar essa história. Uma pessoa constrói sua vida com base na coerência; a pessoa a investe com a crença, ainda que não confirmada pela realidade, de que ela sempre foi o que é agora, de que mesmo no seu passado distante ela pode reconhecer a semente de onde essa flor predestinada floresceu. Agora eu não conseguia entender o fervoroso esmero das minhas obsessões de infância, as incontáveis origens de minha imaginação superativa – eu não conseguia evocar quem eu fui. A câmera, tenho certeza, registrou adequadamente meu nervosismo, a sombra encobrindo meu rosto, a enervante dúvida e a vulnerabilidade. Mas depois que você encara as inquiridoras lentes, é difícil desviar o olhar; uma vez que você começa a inventar e a monologar, é terrivelmente difícil parar.

Sim, quando eu tinha dez anos mais ou menos, eu queria ser um soldado americano, admiti, mas é preciso compreender o contexto.

Passei a maior parte da minha infância travando várias guerras. Uma das primeiras inspirou-se no seriado de TV *Quentin Dedward:* nós nos dividíamos em dois grupos e lutávamos com paus como se fossem espadas. Uma vez que o jovem Quentin enfrentava seus inimigos por causa de uma donzela e nós não tínhamos nenhum interesse desse tipo em garotas, muito menos em belas donzelas, tudo terminava em uma semana, assim que os pedaços de pau começavam a quebrar. Então, houve uma guerra crônica em que éramos patriotas lutando contra os alemães. Essa era, é claro, inspirada nos relatos e filmes da libertação da Iugoslávia conquistada por Tito e nosso povo heroico. Para a Guerra da Independência, usávamos os paus como armas de fogo. Armávamos emboscadas no mato; atirávamos pedras como granadas de mão em ataques suicidas aos *bunkers* alemães; atacávamos os bondes que passavam inocentemente, que na verdade eram comboios inimigos fazendo a entrega do combustível e dos suprimentos necessários ao desesperado Grupo do Exército D. O problema dessa guerra era que não tínhamos um verdadeiro inimigo: nenhum de nós queria ser um alemão, porque ninguém jamais queria ser do mal. Atirávamos em ninguém, lançávamos pedras no ar, os ataques aos bondes eram arriscados demais para serem feitos com frequência, particularmente depois que um condutor pegou meu amigo Vampir e deu-lhe uma surra. A guerra é algo inteiramente diferente quando você não pode desfrutar a morte horrível, dolorosa e prolongada de seu inimigo cruel.

Depois, houve uma guerra sobre o controle do playground que infelizmente ficava situado entre dois edifícios idênticos; nossa gangue vivia em um deles, a outra gangue no outro. O playground tinha balanços e um escorrega, um carrossel e uma caixa de areia, e era cercado por arbustos nos quais gostávamos de guardar coisas roubadas e nos esconder quando necessário – os arbustos eram nossa *loga*, nossa base. A Guerra do Playground teve uma notável intensidade, com muitas batalhas travadas; havia dezenas de crianças em cada exército, lotando o playground, usando paus como cassetetes para infligir o máximo de dor. Contei a Alma que eu levantei bem alto a bengala de meu avô e desci-a com toda força em um escudo de papelão que outra criança ergueu como sua proteção tristemente frágil. Perdemos a batalha final e o direito ao playground quando o exército inimigo recebeu reforços de dois alunos da oitava série a caminho da escola: eles giraram suas mochilas pesadas de livros com um prazer assassino e nos massacraram enquanto batíamos em retirada desordenadamente.

Assim, tivemos que transferir nossa *loga* para outro lugar – nossas bandeiras, nosso arsenal, nosso orgulho –, para o quintal atrás do nosso prédio. O quintal era bastante grande e pertencia aos idosos moradores da casa na outra extremidade do terreno. A casa era decrépita; as paredes tinham grandes manchas de umidade, parecendo velhos mapas de oceanos imaginários; as telhas de ardósia às vezes simplesmente e inesperadamente deslizavam do telhado. Antes da Guerra do Playground, raramente nos aventurávamos lá, pois tínhamos medo dos velhos, que saíam da casa e bradavam loucamente contra nós: a velha girava os braços para todos os lados como um cata-vento enlouquecido; o velho brandia sua bengala para nós como se conduzisse uma orquestra alucinatória. Eram obviamente doentes: ambos usavam coletes e suéteres pesados no verão; suas pernas eram inchadas como tocos de árvores; o cheiro de podridão e morte bafejava de suas janelas quando eles, raramente, as abriam. Mas o quintal era um vasto território de canteiros de batatas e repolho e pequenas florestas de favas e milho, onde podíamos nos esconder e reabastecer nossos suprimentos de paus de guerra. No outono havia abóboras; na primavera, as verdes orelhas de coelho de cebolas novas. No inverno tudo se transformava em um lamaçal, capaz de retardar qualquer inimigo que de repente viesse nos atacar; e se havia neve, podíamos construir um *bunker* de gelo inconquistável. Havia até mesmo uma macieira que podíamos usar como torre de observação, na qual podíamos hastear nossa bandeira. Era difícil de acreditar que não tivéssemos pensado naquele quintal como nossa *loga* antes.

Assim, nós o invadimos e o conquistamos, ignorando, na verdade zombando, o casal de idosos sempre que vinham cambaleando atrás de nós em uma perseguição ridiculamente inútil. Por fim, eles capitularam. Atiramos uma pedra na janela deles e não havia nada que pudessem fazer. Logo estávamos arrancando os repolhos e estraçalhando-os com nossos porretes; ou matando lagartos no exercício prático de atirar pedras; ou imolando caracóis despejando fluido de isqueiro em suas conchas e ateando fogo. O quintal agora era nosso território soberano, nosso domínio.

– E o que isso tem a ver com sua fase de soldado americano? – Alma perguntou, um pouco bruscamente.

– Vou chegar lá – eu disse. – Seja paciente, minha cara.

Algumas semanas mais tarde, uma equipe de operários em macacões azuis chegaram em um enorme caminhão e começaram a erguer uma cerca de madeira ao redor do quintal. Não levaram muito tempo para terminá-la e logo compreendemos que não podíamos simplesmente entrar para pegar nossos paus ou recolher nossos caracóis de sacrifício. Quando por fim nos esgueiramos para dentro, descobrimos que a casa do velho casal agora estava sem teto; dois homens suados demoliam as paredes com marretas; uma máquina de terraplenagem aguardava para transformar tudo em uma pilha informe. No dia seguinte, os trabalhadores terminaram a cerca e o quintal ficou inteiramente fora de nosso alcance, a cerca alta e surpreendentemente sólida, sem fendas ou buracos. Podíamos ouvir escavadeiras e britadeiras, e o barulho de demolição e de construção, mas não podíamos ver o que acontecia lá dentro. Repentinamente, havíamos sido banidos do que sempre fora nosso território por direito.

Finalmente, Vampir, sendo o mais novo e menor do grupo, foi içado por cima da cerca para uma missão de reconhecimento. Esperamos seu retorno nos degraus de nosso prédio, passando um cigarro de um para o outro, discutindo, como estávamos acostumados a fazer, masturbação e formas de morrer. Ele voltou com um relatório sombrio. O canteiro de batatas fora destruído, a macieira fora arrancada, a casa demolida, os pés de fava e milho cortados; havia um enorme buraco no chão, as bordas marcadas com estacas ligadas por uma corda, da qual se penduravam bandeirolas amarelas. Djordje achou que era porque eles haviam minado todo o terreno. Havia uma brigada de maquinário pesado espalhada por toda parte, Vampir continuou. E perto do portão, estavam prestes a terminar a construção de um barracão de madeira, com portas e janelas, obviamente seu futuro quartel-general. Não tinham nenhuma intenção de ir embora, Vampir disse. Nós iríamos expulsá-los dali, Djordje insistiu, e iam se arrepender de terem vindo.

Pregamos avisos por todo o prédio, indicando que a situação era muito grave. Convocamos todos os veteranos de guerras anteriores, todas as crianças que haviam desfrutado do quintal da liberdade, para um conselho de guerra onde deveríamos decidir o que fazer. O lugar de reunião era um quarto de depósito no porão, pertencente ao homossexual do quinto andar. Nós havíamos quebrado o cadeado e instalado ali nosso quartel-general provisório, sabendo que ele nunca descia ali. O depósito estava cheio de malas, as quais estavam cheias de revistas antigas, por sua vez cheias de fotos de balneários ensolarados e pessoas nas praias. As malas estavam empilhadas de qualquer maneira, de modo que formavam uma espécie de anfiteatro instável, capaz de abrigar um bando de crianças. No entanto, somente sete compareceram: Djordje, Vampir, Boris, Edo, Mahir, eu e, inexplicavelmente, Marina.

– O que aconteceu com eles? – Alma perguntou.
– Quando?
– Na guerra.
– Que guerra?
– A guerra de verdade.

– Oh, não sei. Preciso pensar.

Djordje presidia a reunião; ele expôs a situação nos tons mais dramáticos possíveis. O quintal fora tomado por estranhos que pareciam estar construindo algo no local. Já havíamos sido expulsos tantas vezes antes que já não tínhamos nenhum lugar para ir. Se perdêssemos o quintal, não teríamos mais nada. Se os deixássemos construir o que quer que estivessem construindo, a perda seria irreparável e irreversível. Tínhamos que fazer alguma coisa, agora, todos concordaram. A guerra parecia inevitável, mas éramos apenas sete. Propus que emitíssemos um aviso aos Operários – como nosso inimigo passou a ser chamado daí em diante – dizendo-lhes que haviam invadido nosso território legal e portanto deviam sair sem demora. A proposta foi colocada em votação e aprovada; o único contra foi Djordje. (Fiquei particularmente satisfeito por Marina ter levantado sua mão delicada: ela possuía cabelos negros e lustrosos, e olhos ainda mais escuros.) Eu recebi a incumbência de redigir a carta de advertência. Coloquei em prática meus conhecimentos avançados de redação e escrevi uma carta excepcionalmente verborrágica, usando expressões como "justificada ira", "liberdade encharcada de sangue" e "o curso da justiça". Assinei "Os Insurgentes", o nome inspirado na história da Iugoslávia, cujas numerosas nacionalidades tradicionalmente morreram em diversas insurreições pela liberdade.

Os Insurgentes era um nome que eu havia criado sem discussão ou aprovação. Djordje não gostou do nome, nem Edo. Mas eu o havia escrito com tinta vermelha, para dar um efeito dramático, e vários rascunhos borrados de tinta haviam sido necessários para chegar à versão final, de modo que reescrever tudo levaria tempo demais. Além disso, o nome que Djordje propôs – Os Estupradores – era um exagero, a maioria de nós pensou, assim como a maneira como ele formulara nossa raiva em seu rascunho: "Se não saírem, vamos foder com suas mães, irmãs e filhas." Assim, ficamos com a minha carta, com a concordância de que poderíamos e deveríamos torná-la mais contundente nos contatos seguintes. Içamos Vampir por cima da cerca outra vez e ele cuspiu no verso do ultimato e prendeu-o na porta do barracão.

– Bem, tenho que perguntar – Alma disse. – O que quer dizer quando diz que vocês o içaram por cima da cerca?

Não gosto de ser interrompido; gosto de contar histórias como acho melhor. Mas Alma perguntou com firmeza e, talvez como um pré-aviso inconsciente, olhou no visor da câmera. Era importante para mim que ela gostasse de mim, que compreendesse minha experiência.

– Bem, dois de nós faziam um quadrado com os braços, segurando os pulsos um do outro – eu lhe mostrei, segurando de leve seus pulsos finos e frágeis –, e Vampir subia nele e nós o erguíamos sobre a cerca. Ele era tão leve, ágil e flexível, que conseguia ficar em pé em cima da cerca por um instante, antes de pular no outro lado.

– Por que o chamavam de Vampir?

– Ele não tinha corpo. Era tão leve que não deixava pegadas na neve.

– O que aconteceu com ele?

Parei antes de responder e quando eu lhe disse que ele fora morto por um franco-atirador, em 1992, em frente ao nosso prédio, seu rosto não demonstrou nenhuma emoção. Perguntei-me se a palavra "franco-atirador" necessariamente evocava em sua mente a morte de sua mãe, ou de seu irmão, quem quer que tenha sido, de modo que me apressei a continuar a história.

De qualquer modo, os Operários não deixaram o quintal. O aviso seguinte foi escrito por Djordje, que os ameaçou com estupro generalizado de suas mães, alheio ao fato de que foder não era a arma mais forte de garotos pré-púberes. Ele lhes deu uma semana para sair e, para lhes mostrar que falávamos a sério, Vampir deveria atirar uma pedra pela janela do barracão após entregar a ameaça. Mas ele ficou perto demais da janela e apenas trincou a vidraça; pelo que sabemos, os Operários devem ter concluído que um pardal chocou-se contra a vidraça, quebrando o pescoço.

Foi um erro tático emitir todas as ameaças, pois em vez de levá-las a sério, os Operários despejaram concreto no buraco no chão e construíram os alicerces do que parecia um enorme edifício. Mais ainda, enquanto esperávamos sua reação, as aulas terminaram e nós, em consequência, perdemos Boris, Edo e Marina, que foram despachados para seus avós para passar o verão inteiro. Pensando nisso, não sei por que eu não fui despachado para a casa dos meus avós naquele verão.

— Porque sua mãe estava fazendo um tratamento de câncer no ovário — Alma disse.

Isso era novidade para mim. Sacudi a cabeça, incrédulo; ela balançou a cabeça, confirmando.

— E como é que você sabe disso? Nunca ouvi dizer que minha mãe tinha câncer de ovário.

— Ela me contou.

— Ela lhe contou? Minha mãe? Ela lhe contou sobre seu câncer? Por que ela não me contou?

— Não queria preocupá-lo.

Honestamente, não sei se eu teria ficado preocupado, ocupado como estava com a Guerra do quintal e tudo o mais. Mas o câncer de minha mãe explicava muita coisa. Por exemplo, explicava por que eu fui matriculado em um curso de verão de inglês, apesar de todas as minhas objeções – eles me queriam fora de casa, mas ainda assim por perto; não queriam que eu soubesse, mas não podiam me deixar ir muito longe, para a casa dos meus avós. E agora eu sabia por que eu podia ficar fora e dedicar as noites de verão aos nossos esforços de guerra e por que eles haviam comprado para mim uma porção de brinquedos não solicitados, inclusive o rifle de que eu tanto gostava, uma réplica do AK-47 que eu tomei por uma arma americana. Eles queriam me distrair e distraído eu fiquei. Foi por causa do câncer de minha mãe que eu me tornei um soldado americano. Imagine só.

De qualquer forma, eu detestava as aulas de inglês. Tínhamos que ficar sentados em uma sala pequena e quente, o sol batendo nas cortinas verdes, galáxias inteiras de partículas de poeira inaláveis levitando à nossa volta. Eu preferia ficar observando sua rotação e movimento aleatório a ouvir uma professora visivelmente entediada, que só se animava quando cantávamos canções em inglês. Estupidamente, repetíamos as letras das músicas que ela nos fornecia, seguindo seu comando conforme ela as entoava; tudo indicava que sua paixão secreta era ser uma cantora famosa. Cantávamos "My Bonnie Lies over the Ocean", "When Johnny Comes Marching Home", "Amazing Grace", canções que eu agora não conseguia nem cantarolar sem ter ânsias de vômito. Sua preferida, no entanto, era "Catch a Falling Star". Ela traduzia a letra para nós e sempre que a cantava, estendia o braço para pegar a imaginária estrela cadente e colocá-la em seu bolso. Era patético; nós nos cutucávamos e ríamos disfarçadamente.

Veja bem, eu ganhara um rifle que eu adorava, estava aprendendo um idioma que somente eu podia falar, tinha pais que me deixavam sozinho – qualquer que fosse a razão – e o que eu precisava era da identidade certa que absorveria tudo isso. Descobri isso no filme em que uma pequena tropa de assalto americana destruía uma montanha que servia de fábrica clandestina de armas para os vilões alemães. As imagens em câmara lenta da explosão apocalíptica me impressionaram profundamente: a montanha expelindo um jato de ar antes de seu topo desaparecer em um cataclismo, as labaredas emergindo da fumaça semelhante a algodão-doce preto, e em seguida a paz da destruição absoluta, as cinzas do limbo flutuando para baixo, o silêncio. E houve uma bela cena em que um soldado americano era torturado pelos alemães e, em vez de capitular sob a coação, em vez de entregar seus companheiros, ele cantou "Clementine". O filme chamava-se *A montanha da perdição* e, tendo-o visto duas vezes em dois dias, comecei a rastejar pelo carpete do meu quarto imaginando-o como uma escorregadia encosta de montanha; escondia-me embaixo da cama como se fosse embaixo de um caminhão; adotava posições de tiro atrás de móveis, esperando um alemão que não sabia que sua morte estava próxima. Por conseguinte, era um passo óbvio e natural me tornar um franco-atirador observando de minha janela um Operário empurrando um carrinho de mão. Eu imaginava uma bala entrando e saindo de sua cabeça, seguida de um jato de miolos. Em determinado momento, eu falava comigo mesmo no que eu achava ser o inglês americano, uma combinação distorcida dos sons que eu captara vendo filmes e cantando em sala de aula, pronunciados segundo a regra que meu pai estabelecera: ao contrário do inglês britânico, que você pronuncia como se tivesse a boca escaldada com chá quente, o inglês americano exige mascar um chiclete imaginário. *Fow dou sotion gemble,* eu dizia baixinho, a arma apontada para um Operário que limpava as botas de borracha com a mangueira. *Fecking plotion, camman. Yeah, sure.*

Minha conversão em um soldado americano coincidiu perfeitamente com a intensificação da luta armada contra os Operários. Eles não tinham ido embora, é claro, pois a construção avançava, com os vergalhões de aço brotando do concreto e as paredes do primeiro andar sendo erguidas. Quando Djordje disse que chegara a hora de foder com algumas mães, ninguém fez objeção e, portanto, a guerra começou.

Djordje tornou-se o comandante em chefe, o líder, concentrado e implacável. Vampir era a Força Especial, um fantasma que realizava operações especiais: falava pouco, usava roupas mais escuras que o resto de nós e adquirira uma inclinação para se aproximar por trás das pessoas. Mahir era a infantaria, corajosamente obedecendo ordens, sempre confiável em combate. E eu era da tropa de assalto, em uma missão especial para ajudar a causa da liberdade na Guerra do Quintal, bem equipado com um verdadeiro rifle, falando fluentemente o inglês de chiclete, ainda que constantemente tivesse que traduzi-lo para meus companheiros.

O primeiro combate da Guerra do Quintal ocorreu em uma noite de junho. Embora a maioria dos Operários tivesse ido para casa, alguns permaneceram no local para tomar cerveja nos degraus do barracão com o Guarda de Segurança. Eles não sabiam que a guerra iria se abater sobre eles; ignoravam que o inimigo agitava as armas à distância do arremesso de uma pedra. Em preparação ao nosso primeiro ataque, havíamos cavado um túnel por baixo da cerca, depois coberto o buraco de saída com uma tábua e destroços de demolição. O objetivo era incendiar um dos galpões de madeira onde os Operários guardavam suas ferramentas, botas e macacões. Nessa noite, rastejamos para dentro do quintal através do túnel, os bolsos cheios de pequenos recipientes de fluido de isqueiro, as mochilas da escola, sem livros, cheias de jornais velhos e trapos. Eu levava meu rifle amarrado às costas, de modo que fiquei preso sob a cerca, mas os outros conseguiram me puxar para fora. Enquanto o Guarda de Segurança se embebedava com seus colegas, rasgamos a ponta dos recipientes de plástico de fluido de isqueiro com nossos dentes, depois embebemos os jornais amassados e os trapos empilhados contra os fundos do galpão mais distante do barracão. Quando ateamos fogo à pilha, os Operários riam, completamente alheios ao que acontecia. Em seguida, corremos de volta ao túnel e nos arrastamos para fora. Apesar de meu coração estar executando um solo de bateria, tive a presença de espírito de ter a minha arma na mão. De acordo com o plano, nós nos dispersamos e cada um foi para a sua casa. Quando cheguei à minha janela, um canto do galpão ardia em chamas e o Guarda de Segurança e seus colegas estupidamente borrifavam o fogaréu com sua cerveja, até que o menos bêbado entre eles estendeu uma mangueira da torneira e debelou as chamas.

Sempre gostei de destruição; havia sempre alguma coisa emocionante em levar a cabo uma devastação. Sempre fora inclinado a destruir: gostava de martelar um carro de brinquedo ou deixar cair bolas de gude da sacada e vê-las explodir na calçada. Eu arrancava as folhas, uma por uma, de um livro de que não gostava, até não restar nada além da capa vazia. Afinal, eu até mesmo gostara de limpar o quadro-negro. Mas eu nunca ficara nem remotamente tão encantado como ao ver o galpão queimando, quando presenciei a impotência ridícula do Guarda de Segurança borrifando o inferno com sua cerveja. E nós sabíamos que aquilo era apenas um ensaio para demolir o arranha-céu, quando o terminassem – no incêndio do galpão eu podia ver o Edifício da Perdição desmoronando.

Não importava que o galpão fosse na verdade uma latrina externa. Observamos os Operários terem ânsias de vômito e prenderem o nariz, enquanto chutavam as paredes incendiadas para dentro, expondo uma impressionante montanha de merda. Durante algum tempo depois disso, os Operários, os intestinos irritados com o que quer que lhes tenha sido servido de um grande barril na hora do almoço, corriam para se agachar atrás de uma pilha de vergalhões de aço, agarrando o rolo de papel higiênico comum a todos. Tínhamos muito com que nos sentir vitoriosos: uma latrina era um alvo legítimo, obstruindo a logística de construção do prédio, sem mencionar que havíamos penetrado atrás das linhas de um inimigo que nem sequer sabia o que os atingira. Quando tornamos a nos reunir uns dois dias depois, eu disse *"Fatch ah salling frow, sure yeah, fut ow gnore tocket"*, prestativamente traduzindo como "O próximo alvo, meus amigos, é o barracão".

Precisávamos de muito fluido de isqueiro para o barracão. Reunir os pequenos recipientes – na forma de um torpedo e do tamanho de um dedo – levaria uma eternidade e seria caro demais. Andáramos roubando muito dinheiro da carteira de nossos pais para financiar a Guerra do Quintal, e o sujeito no jornaleiro já perguntara a Mahir se seu pai estava abastecendo o carro com fluido de isqueiro. Djordje estimou que algumas latas de gasolina ou de algum outro líquido inflamável seriam suficientes. Arrombamos outros depósitos em busca de algo combustível que alguém pudesse imprudentemente ter armazenado com alguns tapetes e travesseiros velhos. Não encontramos nenhum combustível, mas havia muitos casacos, molduras, aspiradores de pó fora de uso, velhos discos e livros, mobília quebrada – os detritos de uma existência sem valor. Creio que ninguém jamais notaria ou se importaria se tudo aquilo fosse destruído em um incêndio.

E enquanto eu contava isso, notei Alma vasculhando meu escritório com o olhar: os copos de plástico cheios de lápis de ponta rombuda; um cinzeiro de malaquita; uma lente sem câmera; uma tigelinha cheia de moedas internacionais, colecionadas em minhas peregrinações de escritor; gravuras sem moldura pregadas no quadro de cortiça acima da minha escrivaninha, desbotando e enrolando-se nas beiradas.

– Sabe, quando eu voltei a Sarajevo pela primeira vez depois da guerra – ela disse –, tive que limpar o apartamento de meus pais para poder vendê-lo. Assim, fiz três pilhas: uma para jogar fora, uma para doar e outra para trazer comigo para Nova York. A de Nova York coube em uma única mala. Quando cheguei em casa, guardei a mala em um depósito e desde então nunca a abri.

Mas, veja bem, para nós a guerra era empolgante, a liberdade intrínseca ao aniquilamento, a absoluta justiça de nossa causa – nós adorávamos aquilo. Tudo parecia mais belo do topo da Montanha da Perdição. E a vida furtiva e clandestina, a sensação de que nós sempre sabíamos muito mais do que as pessoas à nossa volta. Agora, éramos gentis com nossos vizinhos, respeitosos com os mais velhos; eu fazia meu dever de casa de inglês regularmente, me prontificava a cantar em sala de aula. Eu sabia que a dissimulação e o sacrifício me ajudariam a cumprir com meu dever; as mentiras eram uma parte essencial de nossa missão. Eu encontrava beleza e orgulho na abnegação e finalmente compreendi o que meus pais queriam dizer quando falavam: "Às vezes, temos que fazer coisas que detestamos fazer." Ainda que se referissem a ser forçado a cortar o cabelo ou ajudar meu pai a lavar o carro.

Depois de nossa performance como bons meninos, nos reuníamos no porão e planejávamos o Grande Ataque. Djordje achava que devíamos continuar a pressão sobre os Operários, não lhes dar trégua, enquanto nos preparávamos para o dia do Juízo Final. Assim, enquanto nossos pais achavam que jogávamos bolas de gude ou víamos um filme da Disney no Kino Arena, enrolávamos areia e vidro moído em folhas de jornal que umedeceríamos antes da ação. Chamávamos essa arma de Granada; era invenção minha, a ideia sendo que o papel molhado se romperia com o impacto e a areia misturada a vidro moído iria grudar na pele, e quando o Operário tentasse se limpar, ele se cortaria ou esfolaria a pele. E se o atingíssemos nos olhos, ele podia ficar cego.

Atiramos Granadas e pedras nos Operários; espalhamos pregos na entrada dos caminhões; enfiamos fósforos nas fechaduras do barracão; acendemos recipientes de fluido de isqueiro e os atiramos aleatoriamente por cima da cerca. E conforme a construção do edifício progredia, refinamos nossas táticas. Aprendemos que atacar os Operários não era prudente: havia muitos deles, seu movimento era imprevisível, eram em muito maior número do que nós e a essa altura trabalhavam bem alto dentro do prédio. Portanto, o Guarda de Segurança tornou-se nosso principal alvo. Enquanto outros trabalhavam, ele ficava por perto do barracão, abrindo e fechando o portão para os caminhões – ele estava quase sempre ao alcance do arremesso de uma Granada. Ele tinha uma verruga redonda na face esquerda, que se destacava ainda que ele estivesse barbado; havia caspa em seus ombros arriados. Ele usava um uniforme marrom e um gorro com a indispensável estrela vermelha que teria lhe proporcionado a autoridade de um soldado se não estivesse tão imundo – nós o havíamos visto limpando o suor da nuca com ele. À noite, ele ficava sozinho, a menos que tivesse convencido alguns Operários a ficarem e beberem com ele, mas ainda assim, mais cedo ou mais tarde, eles iam embora. Ele não parecia ter casa; nós o observávamos vagando languidamente pelo canteiro de obras; eu o colocava sob a mira do meu rifle quando ele se sentava nos degraus do barracão olhando para o infinito – com uma arma de verdade, um tiro fácil teria sido suficiente. Às vezes, ele extraía do casaco um velho pano de cozinha e o desembrulhava, tirando um pedaço de pão e um pouco de carne de dentro dele; mastigava distraidamente, sem apetite, como se a finalidade da mastigação fosse deixar seu maxilar menos solitário. Só Deus sabe no que ele pensava; muito provavelmente, em nada. Nós sempre o pegávamos desprevenido e atirávamos pedras e Granadas nele, mas poucas o acertavam.

Por um longo tempo, ele não conseguiu descobrir quem ou o que o estava perseguindo; pessoas assim tomam seu próprio sofrimento como uma condição de sua existência. Certa vez, ele inocentemente comprou uma revista de mulher nua de Djordje, que foi até o portão e o chamou; nós deveríamos atacá-lo naquele momento, mas decidimos em vez disso que seu dinheiro nos seria mais útil. Ele não compreendia que estava em guerra: gostávamos de ver sua confusão, sua percepção vaga e passiva de que ele estava cercado pela maldade comum; nós nos divertíamos com o fato de ele não saber quem éramos, *o que* éramos.

Mas, apesar de ser estúpido como era, o Guarda por fim compreendeu. Na realidade, ele quase capturou Vampir, que escrevia avisos com fodas, mães, irmãs e filhas no barracão. O Guarda aproximou-se dele por trás e começou a socá-lo, mas Vampir conseguiu desvencilhar-se de suas mãos e fugir por cima da cerca num piscar de olhos. Nós organizamos um ataque de represália imediatamente depois. Lançamos sobre o Guarda uma chuva de sacolas de papel cheias de pedrinhas – Bombas de Fragmentação – e tivemos alguns bons acertos. Ele nos xingou com ódio e veneno e, depois disso, ficou claro que a guerra seria travada até um dos lados sofrer uma derrota completa.

Por volta dessa época, reconhecemos repentinamente que há muito havíamos abandonado a esperança de recuperar o quintal. Não teríamos ficado mais satisfeitos se, de algum modo, milagrosamente, a soberania do quintal fosse restaurada. Na verdade, perderíamos nosso propósito. Tudo em que pensávamos ou sobre o que falávamos era como poderíamos ferir os Operários personificados no Guarda de Segurança; era nisso que se transformara o propósito da guerra e não podíamos imaginar nada antes, depois ou além disso. Era como estar apaixonado, exceto que queríamos matá-lo. Além da destruição do arranha-céu, nossa fantasia dominante tornou-se atear fogo ao barracão quando o Guarda de Segurança estivesse lá dentro.

Para isso, precisávamos de combustível. Um dia, demos sorte: uma loja de molduras ao lado da estação de trem foi destruída por um incêndio. Vimos a fumaça se elevando no céu, ouvimos a sirene dos bombeiros. Sempre interessados em destruição, corremos para lá e ficamos observando os bombeiros inundarem a loja através da vitrine quebrada, enquanto os proprietários, marido e mulher, choravam e se abraçavam, tentando não olhar. Voltamos às ruínas fumegantes da loja no dia seguinte, andamos pelas cinzas quentes, aqui e ali transformadas em uma lama escura, e inalamos o cheiro de madeira tostada e cimento chamuscado. Peneiramos os escombros das vidas dos proprietários: um sapato feminino com o salto completamente derretido; metade de uma cadeira, inclinada sobre a perna ausente; cantos de molduras ainda na parede, ainda simétricos. Nos fundos da loja, havia um canto que não fora destruído no incêndio: um casaco azul manchado ainda pendurado; uma foto emoldurada de um casal, virada para o teto; e junto à porta dos fundos, três belas latas de solvente de tinta. *Sengson clotion wicklup*, eu disse. Conseguimos o que queríamos.

Deixe-me confessar: eu estava perfeitamente ciente de que havia algo inadequado em estar contando esta história para Alma com tanto prazer. Ela deve ter achado os garotos inteira e tipicamente agressivos, violentos e estúpidos; ela podia se incomodar com aquela atitude tranquilamente sanguinária. Ela sem dúvida não era alguém que visse beleza na guerra, mas ela não demonstrou nenhuma consternação – na verdade, não mostrou absolutamente nenhuma emoção. De vez em quando, ela olhava para a minúscula tela e ajustava a câmera, porque eu tinha me deslocado e saído do quadro. E estou revelando que eu – como devo dizer – perversamente ampliava certos detalhes de modo a extrair alguma reação dela, vê-la sentir. Mas ela era tão estoica quanto sua câmera de vídeo digital.

– Quer dar uma parada? – ela disse. – Está falando há uma hora.

– Não, absolutamente – eu disse. – Gosto de falar. Posso falar para sempre.

Certa noite, levamos as latas sorrateiramente pelo túnel, a lama da chuva do dia sujando, talvez entupindo, meu rifle. Saímos correndo para o lugar oculto entre o barracão e a cerca. Havíamos planejado embeber com o solvente as paredes do barracão onde o Guarda dormia, fazer uma poça inflamável diante da porta da frente, de modo a barrar sua rota de fuga e, depois, atear fogo a tudo. Deveria ser uma missão simples; deveria durar apenas alguns minutos, mas entorpecidos pela adrenalina, atordoados com o perigo, não pensamos com clareza – ninguém tinha fósforos. Mahir foi enviado para buscar alguns, enquanto esperávamos em nosso esconderijo, a coragem se esvaindo a cada instante.

Em poucos minutos, Djordje ficou impaciente e resolveu ir procurar Mahir. Eu sabia que ele não iria retornar, mas não disse nada. Vampir e eu ficamos ali parados em silêncio, esperando o tempo passar para que pudéssemos propor uma retirada. Entretanto, ouvimos a porta do barracão ranger; o Guarda saiu e esticou os braços na direção do sol poente, emitindo um ruidoso bocejo. Em um instante, ele iria se virar e nos ver com as latas. Antes mesmo que eu pudesse pensar no que fazer, Vampir saiu em disparada, passando pelo Guarda em direção ao túnel. O Guarda se virou e se deparou comigo, e eu fiquei paralisado com o rifle enlameado nas mãos. O que está fazendo aqui?, ele me perguntou. *Geffle creel debbing*, eu disse. *Vau shetter bei doff. Camman.*

É difícil explicar por que eu falei com ele em inglês de chiclete. Talvez por ter pensado, em pânico, que se eu continuasse fingindo ser um americano, poderia convencê-lo de que eu era um estrangeiro, que estava lá por engano e, portanto, era inocente, e ele me deixaria ir embora. Ou talvez porque eu fosse, de fato, um soldado americano naquele momento pensando – se esta for a palavra – que se eu mantivesse a identidade, ele não conseguiria atravessar o abismo da realidade e me dar um soco na cara, como ele fez, várias vezes seguidas. Ergui meu rifle contra seu punho, mas ele desviou-se dele, enquanto eu gritava: *Fetch a kalling star and pet it de packet, maike it for it meny dey.* Eu continuei repetindo isso até se transformar em uma canção, enquanto o Guarda golpeava minha cabeça sem cessar.

Mas cantar sob tortura não me ajudou em nada naquele momento. Caí no chão e o Guarda agora tentava me chutar na cabeça, enquanto eu tentava protegê-la com os braços. Não tenho a menor dúvida de que teria me matado se não tivesse sido distraído por uma garrafa de cerveja voando em sua direção. Quando ele ergueu a cabeça, outra atingiu sua testa e explodiu; uma chuva de sangue derramou-se sobre mim e o Guarda caiu de joelhos. Achei que finalmente o tivéssemos matado. Eu exultava de alegria pela salvação e sobrevivência.

– Seus pais não me contaram nada disso – Alma disse. Gostaria que ela tivesse parado de olhar o visor.

– Eles não souberam – eu disse. – Ninguém soube. Nós éramos uma sociedade secreta, leais apenas uns aos outros. Nunca contei isso a ninguém.

– Sei – ela disse. Ela não parecia inteiramente convencida.

Assim, conseguimos fugir; Vampir me salvou. O Guarda não foi, na realidade, morto. Enquanto corríamos para casa, ele entrou no barracão e achou um pedaço de pano para pressionar contra o ferimento. Alguns minutos mais tarde, da minha janela, eu o vi atravessar o portão cambaleando, parar diante dele, olhar para cima (eu me agachei) e então o ouvi gritar de dor e raiva como eu nunca ouvira antes e jamais ouviria outra vez. Ele não conseguia articular uma palavra; não conseguia falar, de raiva e impotência, apenas rugia como uma fera ferida. Fiquei absolutamente petrificado, pois sabia que ele teria sem dúvida alguma me matado se pudesse colocar as mãos em mim naquele momento.

Foi então, Alma, que o mundo tornou-se um lugar perigoso para mim. Talvez seja por isso que meus pais se lembrem afetuosamente desse período – eu passava muito tempo com eles, buscando, embora não soubessem, sua proteção. No fim daquele verão, fomos passar férias à beira-mar e eu obedecia ao infame assobio. Quando as aulas recomeçaram, durante meses tive medo de sair sozinho de casa e eles tinham que me levar e ir me buscar na escola. Eu retornei ao seu ninho; eu voltei para casa depois da guerra.

E enquanto Alma olhava para a câmera, percebi que logo minha mãe e meu pai morreriam e que, apesar de já fazer muito tempo que eles me protegeram de alguma coisa, eu ficaria sozinho e exposto ao mundo, sem lar e sem amor, sozinho para enfrentar todas as pessoas cheias de mágoa e rancor. Pensei naquele dia lá atrás, na escola primária, quando fui molhar a esponja de limpar o quadro-negro e, no corredor vazio, estavam meus pais, à procura da sala de um professor. Em geral, apenas um deles ia à reunião com um professor, mas daquela vez estavam juntos; creio que me lembro de vê-los de mãos dadas. Pareciam grandes em comparação a todos os pequenos armários, os sapatos das crianças alinhados um ao lado do outro; abriram um largo sorriso ao me ver, orgulhosos por eu estar segurando a esponja, cumprindo tarefas. Senti que nós três estávamos juntos; estávamos dentro e todas as demais pessoas – as crianças nas salas de aula, os professores – estavam do lado de fora. Eles me beijaram; eu voltei para a minha sala de aula; eles foram esperar o professor.

– E isso é tudo – eu disse a Alma. – Este é o fim da história. Agora podemos fazer uma pausa.

– Ótimo. Estou mesmo precisando de uma – ela disse, sem convicção. – Mas você podia falar um pouco mais com seu inglês de chiclete? Ainda consegue fazer isso? Gostaria que você falasse inglês americano e bósnio no filme. Poderia fazer isso para mim?

– Claro – eu disse. – *Floxon thay formtion. Camman, dey flai prectacion. Gnow aut sol, lone. Yeah, sure.*

As nobres verdades do sofrimento

O *jaran* uniformizado não percebeu que eu falava em bósnio com ele. Silenciosamente, verificou meu convite, depois comparou a foto no meu passaporte americano com meu rosto melancólico real, e tudo indica que combinaram razoavelmente bem. Sua cabeça parecia uma poltrona – a testa funda, as orelhas como os braços da poltrona, o maxilar protuberante – e eu não conseguia desviar os olhos dela. Ele me devolveu o passaporte com o convite dentro e disse, com seu sotaque de cabeça-mobília: "Boa-noite para o senhor."

A casa do embaixador americano era uma construção nova, imensa e feia, erguida no alto de uma colina por um magnata bósnio antes que ele repentinamente decidisse que precisava de mais espaço ainda e, sem passar sequer um dia na mansão, alugou-a para Sua Excelência americana. Ainda restava algum trabalho a ser feito – o estreito caminho de concreto ziguezagueava sem propósito por um verdadeiro campo de lama; o canto inferior esquerdo da fachada não estava pintado, parecendo uma ferida recém-cicatrizada. Mais no alto do morro, podia-se ver uma faixa amarela enroscando-se pelas bordas da mata, marcando uma área selvagem repleta de minas.

Dentro da casa, entretanto, tudo cintilava. As paredes eram ofuscantemente brancas, as escadas estalavam de novas; no primeiro patamar havia um suporte com uma enorme águia de bronze, as asas congeladas em meio ao voo sobre uma desafortunada cobra contorcida. No topo das escadas, num terno elegante, ainda que um número maior, estava Jonah, o adido cultural, a quem certa vez eu chamara erroneamente de Johnny e desde então continuava a chamar, fingindo ser uma piada.

– Johnny-boy – eu disse –, como vai?

Ele apertou minha mão efusivamente, afirmando estar muito feliz em me ver. E talvez estivesse, quem sou eu para dizer.

Peguei um copo de cerveja e uma taça de champanhe de um sujeito com uma bandeja, cuja natureza bósnia era inquestionavelmente assinalada por um topete assomando acima da testa.

– *Šta ima?* – perguntei.

– *Evo* – ele disse. – *Ništa.*

Ambidestramente armado com mais cerveja e champanhe, assumi uma posição no canto, de onde eu podia, como um puma, monitorar a reunião. Avistei o ministro da Cultura, parecendo um panda careca e sarnento, apesar do fato de todos os dedos das duas mãos estarem individualmente envoltos em atadura – ele segurava sua taça de champanhe entre as palmas das mãos como uma vela votiva. Havia diversas personalidades de TV bósnias, exibindo seus óculos italianos e a abundância telegênica de desnecessárias caras e bocas. Os escritores eram reconhecíveis pela incoerência esfuziante de suas gravatas estampadas. Uma multidão de homens de negócios de terno Armani aglomerava-se em torno de intérpretes jovens e bonitas, enquanto o cabeção de um famoso jogador de basquete aposentado pairava acima deles como uma lua cheia. Avistei o embaixador – robusto, empertigado, republicano, com uma boca pequena e franzida feito cu de galinha – conversando com alguém que podia ser Macalister. O possível Macalister vestia um casaco de veludo roxo sobre uma camisa havaiana; suas calças de brim eram gastas e bojudas nos joelhos, como se ele passasse os dias de joelhos; usava sandálias Birkenstocks abertas, com meias brancas; tudo nele parecia de segunda mão. Devia ter cinquenta e poucos anos, mas tinha uma cabeleira negra como Bakelite, tão indomável que parecia ter sido montada em sua cabeça há décadas e desde então não ter mais mudado de forma. Sem expressar nenhuma emoção identificável, ele ouvia o embaixador, que se balançava sobre os calcanhares, fazendo beicinho, lentamente externando um pensamento. Macalister bebia água; seu copo inclinava-se ligeiramente na mão, de modo que a beira da água repetidamente tocava a borda do copo, para no mesmo instante recuar, no ritmo exato do balanço do embaixador. Eu já estava suficientemente embriagado para ser capaz de abordar Macalister assim que o embaixador o deixasse sozinho. Terminei minha cerveja e champanhe e considerava a possibilidade de procurar uma bandeja para me reabastecer, quando o embaixador gritou:

– Um minuto de atenção, por favor!

O barulho cessou, os garçons pararam de se locomover e a aglomeração ao redor do embaixador e de Macalister se espalhou um pouco.

– Tenho o grande prazer e privilégio – o embaixador vociferou, balançando-se muito lentamente – de dar as boas-vindas a Dick Macalister, nosso grande escritor e, baseado no pouco tempo que passei conversando com ele, um sujeito ainda melhor.

Todos nós aplaudimos obedientemente. Macalister mantinha os olhos abaixados para seu copo vazio. Trocou o copo de mão diversas vezes e depois o colocou no bolso.

Algumas semanas antes, eu havia recebido um convite do embaixador dos Estados Unidos na Bósnia e Herzegovina, Sua

Excelência Eliot Auslander, para me unir a ele na homenagem a Richard Macalister, um ganhador do prêmio Pulitzer e escritor consagrado. O convite foi enviado para meu endereço em Sarajevo, apenas uma ou duas semanas depois da minha chegada. Eu não consegui imaginar como a embaixada soube que eu estava lá, embora tivesse algumas ideias elaboradamente paranoicas. Perturbava-me imensamente ser localizado assim que aterrissei, pois eu vim a Sarajevo para me esconder. Meu plano era ficar no apartamento da minha família por alguns meses e esquecer uma infinidade de coisas (meu divórcio, meu colapso nervoso, a Guerra ao Terror, tudo) que me atormentava em Chicago. Meus pais já estavam em Sarajevo para sua estada anual de primavera e minha irmã deveria se juntar a nós ao voltar da Nova Zelândia; por conseguinte, minha fuga para Sarajevo começava a parecer um *déjà-vu* desgastado de nossa vida anterior. Estávamos exatamente onde estivéramos antes da guerra, mas tudo estava fantasticamente diferente – nós estávamos diferentes; havia menos vizinhos e eram diferentes; o cheiro do corredor era diferente; e da nossa janela podíamos ver as ruínas do que já fora um jardim de infância e que agora ninguém se importava em demolir.

    Eu não iria à recepção; já estava farto da América e dos americanos o suficiente para toda uma outra vida miserável. Mas meus pais ficaram muito orgulhosos de que o embaixador americano quisesse me receber em sua residência. O convite – o sofisticado brasão, a elegante letra cursiva, os arabescos e espirais da assinatura de Sua Excelência – os fazia relembrar os anos dourados de serviço diplomático do meu pai e oficialmente me elevava à esfera dos adultos respeitáveis. Meu pai ofereceu-me seu terno para usar na recepção; alegou que ainda estava bom, apesar de ter vinte e tantos anos e exibir uma queimadura de ferro triangular na lapela.

Resisti às suas súplicas até ir a um cibercafé para ler a respeito de Richard Macalister. Eu já ouvira falar dele, é claro, mas nunca lera nenhum de seus livros, já que raramente lia ficção americana contemporânea. Com um adolescente macilento à minha esquerda batendo recordes em morte de civis descartáveis no videogame e um cavalheiro cheirando a água de colônia à minha direita navegando indiferentemente por sites de bestialidade, surfei pela vida e obra de Dick Macalister. Para resumir, ele nasceu, viveu e escreveu livros, fez sofrer e algumas vezes ele próprio sofreu. Em *Ruína*, suas memórias mais recentes – uma confissão dolorosa e tensa – ele reconhece francamente sua violência doméstica, intermináveis bebedeiras e espetaculares decaídas. No romance *Mal profundo,* um agiota estraçalha o pé com um tiro em uma caçada e rememora toda a sua vida vazia e inútil enquanto espera por socorro ou pela morte, as quais chegam quase na mesma hora. "Macalister parece nunca ter ouvido falar em dissociação das sensibilidades", louvou o *New York Times,* "pois seu livro hospeda um grande número delas." Dei um espiada nas resenhas das antologias de contos (uma delas intitulada *Talidade*) e passei algum tempo lendo sobre *Nada que se possa dizer,* "a obra-prima de Macalister", ganhadora do prêmio Pulitzer de Ficção. O romance fala de "um veterano do Vietnã que faz tudo para sair da guerra, mas não consegue fazer a guerra sair de dentro dele". Todos adoraram o livro. "É difícil não se sentir humilde pela honesta brutalidade dos heróis torturados de Macalister", escreveu um crítico. "Esses homens falam pouco não porque não tenham nada a dizer, mas porque os últimos remanescentes de decência em seus corações moribundos os compelem a proteger as outras pessoas do que eles poderiam dizer." Tudo me pareceu muito bom, mas nada que me impressionasse. Encontrei um site de fãs de Macalister, onde havia uma seleção de trechos de suas obras, acompanhadas de páginas e páginas de exegese trivial. Algumas citações eram bastante boas e eu as anotei:

Antes do Vietnã, Cupper carregava o fardo do entusiasmo inútil da juventude.

O melhor remédio para um céu tempestuoso é uma cortina, ele disse.

Do outro lado da vasta e leitosa vidraça saltava uma equipe de jogadores de basquete, suas sombras como uma caravana passando pelo horizonte.

Cupper originalmente partira para salvar o mundo, mas agora ele sabia que não valia a pena.

Um dia desses, a grossa carapaça do mundo se partirá e merda e tristeza transbordarão afogando todos nós. Nada que dissermos poderá impedir isso.

Gostei dessa. *A grossa carapaça do mundo*, essa foi muito boa.

Nós todos bebemos entusiasticamente à saúde e ao sucesso de Macalister, quando então ele foi assediado por um enxame dos aduladores mais rápidos. Saí para a sacada, onde todos os fumantes eram forçados a se congregar. Fingi estar procurando alguém, esticando o pescoço, estreitando os olhos, mas quem quer que eu estivesse procurando não parecia estar lá. No vale lá embaixo, viam-se ruas pontilhadas de luzes e minaretes iluminados, semelhantes a foguetes; na orla distante da noite, na direção do monte Mojmilo, o campo do estádio de futebol Željo era dolorosamente verde. Nada se movia lá embaixo, como se a cidade estivesse no fundo do mar.

Quando voltei para o salão, Macalister conversava com uma mulher de longos cabelos ruivos, os dedos envolvendo sensualmente uma taça de champanhe. A mulher era bósnia, identificável pelos polpudos lábios carmesins, a penca de colares de prata envelhecida com um pingente de rubi brigando para se afundar em seu peito e pela maneira como tocava no braço de Macalister quando falava; até onde eu saiba, eu poderia ter tido uma paixonite não correspondida por ela no colégio. De algum modo ela conseguia sorrir e rir ao mesmo tempo, os dentes brilhantes sublinhando a risada, os cabelos alegremente esvoaçando em torno do rosto. Macalister estava doido para trepar com ela – eu sabia disso pelo jeito como ele se inclinava para ela, o nariz quase tocando seus cabelos, cheirando-a. Foi inveja, para ser totalmente franco, o que me fez superar meu medo de palco no momento em que a mulher sorridente foi distraída por um lacaio da embaixada. Ao se desviar de Macalister, eu me adiantei e me enfiei no meio dos dois.

– Então, o que o traz a Sarajevo? – perguntei. Ele era mais baixo do que eu; pude sentir seu cheiro de fera, peludo e selvagem. Seu copo de água estava na mão outra vez, ainda vazio.

– Eu vou aos lugares – ele disse – porque há lugares para onde ir.

Ele possuía o nariz afilado de um asceta. De vez em quando, os músculos na base de seu maxilar se contraíam. Ele não parava de olhar para a mulher atrás de mim, que continuava rindo.

– Estou em uma turnê do Departamento de Estado – ele acrescentou, arruinando assim a pureza de sua observação espirituosa. – E a trabalho para uma revista.

– E o que está achando de Sarajevo?

– Ainda não vi muita coisa, mas me faz lembrar Beirute.

Mas e quanto à fonte Gazi Husrevbegova, cuja água não tem sabor igual no mundo? E quanto aos minaretes, todos se iluminando ao mesmo tempo, na hora do pôr do sol, em um dia de Ramadã? E a neve caindo devagar, cada floco descendo paciente e separadamente, como se escorregasse por um invisível fio de seda? E quanto à barulheira matinal das persianas de madeira em Baščaršija, quando todas as velhas lojas abrem ao mesmo tempo e as ruas cheiram a café espumoso? A carapaça do mundo ainda está endurecendo aqui, meu caro.

Eu fico emotivo quando embriagado. Entretanto, não disse nada. Em vez disso, comentei:

– Nunca estive em Beirute.

Macalister olhou para a mulher às minhas costas, exibindo um sorriso desanimado. A mulher ria ritmicamente, quase como se cantasse, os copos retiniam; como sempre, a boa vida estava em outro lugar.

– Eu podia lhe mostrar algumas coisas em Sarajevo, coisas que nenhum turista poderia ver.

– Claro – Macalister disse sem convicção. Eu me apresentei e comecei a contar a costumeira e bem ensaiada história do deslocamento e de escrever em inglês, instando-o a declarar se tinha lido o que escrevi ou não. Ele balançou a cabeça e sorriu. Ele não estava tão interessado em nossa conversa quanto eu.

– Talvez tenha lido um conto meu, "Amor e obstáculos" – eu disse. – Saiu na *New Yorker* há pouco tempo.

– Oh, sim, "Amor e obstáculos". Excelente conto – ele disse. – Pode me dar licença?

E assim ele me deixou pela mulher de cabelos ruivos. Bebi avidamente a cerveja e o champanhe, depois agarrei o único copo que restava em uma bandeja que passava rapidamente –

era uísque aguado, mas servia. De qualquer modo, os cabelos da mulher eram tingidos.

Continuei aliviando os carregadores de bandejas de suas cargas. Conversei com o jogador de basquete, erguendo a cabeça para ele até meu pescoço doer, indagando persistentemente sobre a jogada que ele perdera umas duas décadas atrás, a jogada que privou seu time do título nacional e, acredito, deu início ao declínio geral de Sarajevo. Encurralei o ministro da Cultura a fim de descobrir o que acontecera aos seus dedos – o vestido de sua mulher pegara fogo na cozinha e ele teve que arrancá-lo dela. Dei uma risadinha. Ela acabara com queimaduras de segundo grau, ele disse. Em determinado momento, fui atrás do meu amigo Johnny para informá-lo de que não se pode trabalhar para o governo dos Estados Unidos, a menos que você seja um rematado imbecil, ao que ele riu e disse: "Posso arranjar um emprego para você amanhã mesmo", o que eu achei engraçado. Antes de sair, despedi-me de Eliot Auslander dando-lhe um tapinha nas costas e surpreendendo-o, depois virei a maldita águia de cara para a parede, cuja infeliz consequência foi que a cobra agora ficara irremediavelmente encurralada. Boa sorte, viborazinha.

Lá fora, o ar estava carregado de umidade. A casa do embaixador ficava bem no alto da maldita colina e era preciso descer toda a encosta para ir a qualquer lugar. Os lacaios chamavam táxis, mas eu queria arejar a cabeça, então lá fui eu ladeira abaixo. A rua era estreita, sem calçadas, os andares superiores de casas antigas inclinando-se sobre o calçamento. Do outro lado do vale, ficava a sombria Trebević; através de uma janela ao nível da rua, vi uma família inteira sentada em um sofá, vendo a previsão do tempo na TV – o sol preso, como uma moeda, em uma nuvem flutuando sobre o mapa da Bósnia. Passei por uma pacífica delegacia de polícia e por um pombo recém-falecido; um cartaz rasgado e desbotado em uma casa condenada anunciava o novo CD de uma bulbosa cantora seminua, a qual, diziam, estava dormindo tanto com o primeiro-ministro quanto com o vice-primeiro-ministro. Um gato esfarrapado que parecia um cachorro leprechaun atravessou meu caminho. Virei a esquina e vi, mais adiante, Macalister e a ruiva caminhando na direção do ponto de fuga, os cabelos dela roçando em seus ombros quando se virava para ele para ouvir, a mão dele ocasionalmente tocando sua cintura nas costas para desviá-la de poças e buracos.

Eu estava zonzo, apressando o passo, pensando em coisas engraçadas para dizer, minha mente não conseguindo alcançar a outra parte, o lado engraçado. Eu estava tonto e bêbado, escorregando no calçamento molhado e precisando de companhia, e deslizei encosta abaixo atrás deles, resvalando, mas lucidamente evitando os buracos e entulhos e uma lata de lixo na qual o conteúdo queimava silenciosamente. Quando os alcancei, simplesmente adotei o ritmo de seus passos e caminhei ao lado deles o mais empertigado possível, sem dizer nada, o que de certa forma deveria ser engraçado também. Macalister murmurou sem entusiasmo "Ei, você está bem?" e a mulher disse "*Dobro veče*", com uma hesitação na voz que sugeria que eu estava interrompendo algo prazeroso e delicado. Eu simplesmente continuei andando, escorregando e tropeçando, mas no controle, eu estava no controle, estava. Eu não sabia onde estávamos, mas eles pareciam estar se dirigindo a algum lugar.

– Bem – Macalister disse. – Há um sopro no ar, mas não há vento soprando.

— Que vento? — eu disse. — Não há vento nenhum.

— Há um caminho a ser trilhado, há caminhada sendo feita, mas não há nenhum caminhante.

— Isso é muito bonito — a mulher disse, sorrindo. Ela exsudou uma nebulosa de júbilo. Todas as suas consoantes eram aveludadas como as almofadas da pata de um gatinho.

— Há ações sendo executadas, mas não há nenhum executor — Macalister continuou.

— O que diabos está dizendo? — perguntei. As pontas dos dedos das meias dele estavam completamente sujas agora.

— *Malo je on puk'o* — sugeri à mulher.

— *Nije, baš lijepo zbori* — ela disse. — É poesia.

— É de um texto budista — ele disse.

— É lindo — a mulher disse.

— Há chuvisco e há merda para chover em cima, mas não há nenhum céu — declarei.

— Isso também pode servir — Macalister disse.

O chuvisco fazia a cidade parecer suja. Alguns guarda-chuvas brilhantes desciam a ladeira em cascata na direção do escasso fluxo de tráfego da rua Titova. Na parte baixa da Dalmatinska, no final, você vira à direita, depois anda direto por cerca de dez minutos, passa pelo Parque Veliki e pela mesquita Alipašina, passa pelo terreno baldio, cercado de tapumes, onde ficava o antigo hospital, e então você chega à Marin Dvor, e do outro lado da rua a partir da ruína da antiga fábrica de tabaco ficava o prédio onde eu nasci.

— Você é legal, Macalister — eu disse. — Você é um bom sujeito. Não é um babaca.

— Ora, obrigado — Macalister disse. — Fico feliz de ter sido aprovado.

Chegamos ao fim da Dalmatinska e paramos. Se eu não estivesse ali, Macalister teria sugerido à mulher passarem mais tempo juntos, talvez em seu quarto de hotel, talvez grudada em seu saco. Mas eu estava lá e não pretendia ir embora, e houve um silêncio embaraçoso enquanto eles esperavam que eu ao menos me afastasse para que pudessem trocar comoventes palavras de despedida. Quebrei bruscamente o silêncio sugerindo que todos nós saíssemos para um drinque. Macalister olhou diretamente nos olhos dela e disse:

– Sim, vamos tomar um drinque.

Seu olhar sem dúvida transmitia que poderiam se livrar de mim rapidamente e continuar sua discussão de budismo e grudação no saco. Mas a mulher disse não, tinha que voltar para casa, estava de fato cansada, tinha que ir trabalhar cedo, ela adoraria, mas, não, sentia muito. Ela apertou frouxamente a minha mão e deu um abraço em Macalister, no decurso do qual pressionou seu peito avantajado contra o dele. Eu nem sequer sabia seu nome. Ela foi em direção à Marin Dvor.

– Qual o nome dela? – perguntei.

Macalister fitou-a pesarosamente enquanto ela corria para pegar um bonde que se aproximava.

– Azra – ele respondeu.

– Vamos tomar um drinque – eu disse. – Você não tem nada mais a fazer mesmo, agora que Azra se foi.

Honestamente, eu teria dado um soco na minha cara ou ao menos proferido alguns ofensivos insultos para mim mesmo, mas Macalister não só não fez isso, como não demonstrou absolutamente nenhuma hostilidade e concordou em ir tomar um drinque comigo. Eu devia ser seu amuleto budista ou algo assim.

Fomos na direção de Baščaršija – eu lhe mostrei a Chama Eterna, que deveria arder permanentemente pelos libertadores antifascistas de Sarajevo, mas que estava apagada no momento; depois, mais para baixo na Ferhadija, paramos diante do local do massacre da fila do pão de 1992, onde havia um montículo de flores murchas; em seguida, passamos pelo Parque dos Escritores, onde bustos de importantes escritores bósnios estavam ocultos atrás de barraquinhas oferecendo DVDs piratas. Passamos pela catedral, depois Egipat, que fazia o melhor sorvete do mundo, logo pela fonte e mesquita Gazi Husrevbegova. Contei-lhe sobre a canção que dizia que se você bebesse a água de Baščaršija você jamais esqueceria Sarajevo. Bebemos a água; ele lambeu-a da palma de sua mão pequena, a água salpicando suas meias brancas.

– Adoro suas meias brancas, Macalister – eu disse. – Quando você tirá-las, não as jogue fora. Dê pra mim. Vou guardá-las como uma relíquia, vou cheirá-las para dar sorte sempre que eu escrever.

– Eu nunca as tiro – ele disse. – É meu único par.

Por um instante, considerei a possibilidade de que ele estivesse falando sério, pois sua fisionomia estava impassível, não havia nenhum indício de pilhéria no ar. Parecia que ele olhava para mim e para a cidade de um espaço interior ao qual nenhum outro ser humano tinha acesso. Eu não sabia exatamente onde estávamos indo, mas ele não se queixou, nem fez perguntas, como se não fizesse diferença, porque ele sempre estaria a salvo dentro de si mesmo. Confesso: eu queria que ele ficasse intimidado com Sarajevo, comigo, com o que significávamos no mundo; eu queria atingi-lo, partir sua carapaça.

Mas eu estava com fome e precisava de um ou dois drinques, de modo que, em vez de ficar vagando a noite toda, terminamos em um restaurante escondido em um porão enfumaçado, cujo proprietário, Faruk, era um herói de guerra – havia um lançador de mísseis portátil pendurado no alto da parede de tijolos e fotos de homens uniformizados abaixo. Eu conhecia Faruk bastante bem, pois ele namorara minha irmã há muitos anos. Ele nos cumprimentou, abriu a cortina de cordões que dava para a sala de jantar e nos conduziu à nossa mesa, junto a um estojo de vidro com uma arma preta brilhante e um coldre.

– *Ko ti je to?* – Faruk perguntou quando nos sentamos.
– *Pisac. Amerikanac. Dobio Pulitzera* – eu disse.
– *Pulitzer je dosta jak* – Faruk disse, e ofereceu sua mão a Macalister: – Parabéns.

Macalister agradeceu, mas quando Faruk se afastou, ele notou a preponderância de armas.

– A guerra acabou. Não se preocupe – eu disse.

Um garçom, que parecia irmão gêmeo de um dos aparvalhados carregadores de bandeja, aproximou-se, e eu pedi um montão de comida – todas as variedades de carne longamente cozida e de massa frita – e uma garrafa de vinho, sem perguntar a Macalister do que ele gostaria. Ele era vegetariano e não bebia, disse impassivelmente, apenas constatando um fato.

– Então, você é um budista ou algo assim? – perguntei. – Não pisoteia formigas e baratas, não engole mosquitinhos, é isso?

Ele sorriu. Eu conhecia Macalister há apenas algumas horas, mas já sabia que ele nunca se irritava. Como você pode escrever um livro – como pode escrever uma única maldita frase – sem ficar com raiva?, me perguntei. Como consegue sequer acordar de manhã sem ficar com raiva? Eu me enfureço em meus sonhos, acordo furioso. Ele apenas dava de ombros às minhas perguntas. Bebi mais vinho e depois mais ainda, e qualquer que fosse a coerência que eu tivesse recuperado em nossa caminhada perdeu-se rapidamente. Eu o cobri de perguntas: ele serviu no Vietnã? Quanto de sua obra era autobiográfica? Cupper era seu alter ego? Foi lá que ele se tornara budista? Como era ganhar o prêmio Pulitzer? Ele às vezes tinha sensação de que tudo aquilo era uma merda – tudo: os Estados Unidos, a raça humana, escrever, tudo? E o que ele achou de Sarajevo? Gostou? Podia ver como fora linda antes de se tornar esta fossa garoenta de mísero sofrimento? Macalister conversou comigo, sem raiva. De vez em quando, eu tinha dificuldade em acompanhá-lo, ainda mais porque Faruk mandou levar outra garrafa, segundo ele do seu melhor vinho, e eu continuei entornando-o. Macalister estivera no Vietnã, não tivera nenhuma experiência enobrecedora lá. Não era budista, tinha "inclinações budistas". E o Pulitzer o deixara vanglorioso – "vanglorioso" foi a palavra que ele usou – e agora ele se envergonhava um pouco de tudo isso; todo escritor sério devia se sentir humilde e humilhado pela fama. Quando ele era jovem, como eu, ele disse, costumava achar que todos os grandes escritores sabiam alguma coisa que ele não sabia. Achava que se lesse seus livros, eles lhe ensinariam alguma coisa, o tornariam melhor; pensou que adquiriria o que eles tinham: a sabedoria, a verdade, a integridade, toda a merda que importa. Almejava escrever, queria penetrar naquele conhecimento sofisticado, ansiava por isso. Mas agora ele sabia que aquela fome de escrever era arrogante; agora sabia que os escritores não sabiam nada, na verdade; a maioria apenas fingia. Ele não sabia nada. Não havia nada a saber, nada do outro lado. Não havia nenhum caminhante, nenhum caminho, apenas a caminhada. Era apenas isso, quem quer que você fosse, onde quer que estivesse, o que quer que fosse, e você tinha que fazer as pazes com o fato.

– "Isso"? – perguntei. – O que é "isso"?

– Isso. Tudo.

– Que merda.

Ele continuou falando e falando, enquanto eu afundava no esquecimento, arrastando as poucas palavras de concessão e concordância e fascínio que conseguia emitir. Eu não me lembraria da maior parte do que ele disse, mas apesar de bêbado como eu estava, era claro para mim que sua verbosidade repentina, sincera, devia-se à sua ideia de que nosso encontro – breve encontro de uma única noite – era fugaz. Ele até me ajudou a cambalear escada acima quando deixamos o restaurante e chamou um táxi para mim. Mas eu me recusei a entrar nele, não, senhor, não antes que ele acreditasse que eu iria ler todos os seus livros, sem exceção, tudo que ele havia escrito, seu trabalho de escritor mercenário para revistas, quartas de capa, tudo, e quando ele finalmente acreditou, quis que ele jurasse que iria ao meu apartamento, almoçar comigo e meus pais, porque agora ele era da família, um de nós, era um Sarajevo honorário, e eu o fiz anotar o telefone de nossa casa e prometer que telefonaria, amanhã, logo de manhã. Eu o teria feito prometer outras coisas, mas os garis se aproximavam com suas mangueiras explosivas e o taxista buzinou impacientemente e eu tive que ir, e lá fui eu, bêbado e inebriado de intimidade com um dos maiores escritores da merda do nosso desconcertante tempo. Quando cheguei em casa, achei que jamais o veria outra vez.

Mas ele telefonou, senhoras e senhores dos comitês de prestigiosos prêmios literários; para seu eterno crédito, ele cumpriu a palavra e telefonou logo na manhã seguinte, quando eu fitava o teto, meus globos oculares balançando-se na poça de uma ressaca. Não eram nem dez horas, pelo amor de Buda, quando minha mãe entrou no quarto, inclinou-se sobre o tapete para entrar no meu dolorido campo de visão e me passar o telefone

sem dizer uma palavra. Quando ele disse "É o Dick", eu francamente não sabia do que se tratava.
– Dick Macalister – ele disse.
Levei alguns instantes para me lembrar quem era ele. Para piorar, pareceu-me que eu havia retornado aos Estados Unidos e que toda a fuga para Sarajevo não passara de um mero sonho. Em resumo, eu estava com medo.
– Então, a que horas devo chegar aí? – ele perguntou.
– Chegar onde?
– Aí, para o almoço.
Deixe-me pular todos os hums e hãs e todas as palavras pelas quais titubeei enquanto tentava reorganizar todo o meu aparato de raciocínio, até finalmente e arbitrariamente selecionar as três horas como nossa hora de almoço. Não houve negociação. Richard Macalister vinha comer a comida de minha mãe; ele não deu nenhuma explicação ou razão; não pareceu excessivamente amistoso ou empolgado. Eu não achava que qualquer coisa que tivesse acontecido na noite anterior pudesse levar a qualquer amizade, sólida ou não – o máximo pelo qual eu poderia esperar era uma futura crítica morna para a contracapa de um livro meu. Eu não fazia a menor ideia do que ele poderia querer da gente. Mas soletrei nosso endereço para ele para que pudesse dá-lo a um taxista, adverti-o a não pagar mais do que dez marcos conversíveis e disse-lhe que o prédio ficava bem atrás das ruínas do jardim de infância. Desliguei o telefone; Dick Macalister estava a caminho.

De pijama, fiquei exposto ao olhar furioso do julgamento matinal dos meus pais (eles não gostavam quando eu bebia) e, com a ajuda de um punhado de aspirinas, informei-os de que Richard Macalister, um venerando escritor americano, ganhador do prêmio Pulitzer, um vegetariano abstêmio e sério candidato a budista em tempo integral, viria almoçar às três horas. Após um instante de silêncio embaraçoso, minha mãe me relembrou que a hora normal do nosso almoço era uma e meia. Mas quando dei de ombros, indicando que não havia nada que eu pudesse fazer, ela suspirou e foi inspecionar os suprimentos na geladeira e no freezer. Logo ela começou a emitir ordens de planejamento militar: meu pai devia ir ao mercado do produtor com uma lista agora mesmo; eu devia escovar os dentes e, antes de qualquer café da manhã, correr ao supermercado para comprar pão, *kefir* ou o que quer que vegetarianos bebiam, bem como sacos para aspirador de pó; ela iria começar a preparar massa de torta. Quando ela limpava a mesa onde iria estender a massa, afinando-a com um rolo, minha dor de cabeça e apreensão já haviam desaparecido. Que o americano viesse com toda a sua força, nós estaríamos preparados para ele.

Macalister chegou usando as mesmas roupas que usara na noite anterior – o casaco de veludo, a camisa havaiana – em combinação com um par de botas de pele de cobra. Meus pais o fizeram tirar as botas. Ele não reclamou, nem tentou se furtar, ainda que eu sem sucesso tentasse obter uma exceção para ele.

– É um costume – papai disse. – Costume da Bósnia.

Sentado em um banquinho baixo e instável, Macalister atracou-se com suas botas, dobrando os tornozelos quase ao ponto de fratura. Finalmente, ele expôs suas meias soquetes ofuscantemente brancas e arrumou suas botas junto à parede, como um bom soldado. Nosso apartamento era pequeno, tamanho socialista, mas papai indicou-lhe o caminho como se a sala de jantar ficasse no longínquo horizonte e eles tivessem que chegar lá antes que a noite caísse.

Macalister seguiu a indicação com um sorriso benevolente, provavelmente achando graça do desempenho teatral de meu pai. Nossa sala de jantar era também a sala de estar e a sala de TV, e meu pai fez Macalister se sentar na cadeira à mesa de jantar, que ficava de frente ao aparelho de TV. Ele ganhara o lugar que sempre fora disputado em minha família, pois quem sentasse ali podia ver televisão enquanto comia, mas não creio que Macalister reconhecesse a honra que lhe estava sendo concedida. A TV estava ligada na CNN, mas o som estava desligado. Nosso convidado se sentou, ainda parecendo achar divertido, e enfiou os pés embaixo da cadeira, dobrando os dedos.

– Uma bebida? – meu pai disse. – *Viski? Loza?*

– Uísque não – Macalister disse. – O que é *loza*?

– *Loza* é uma bebida especial – meu pai disse. – Caseira.

– É grapa – expliquei.

– Não, obrigado. Água está ótimo.

– Água. Que água? Água é para animais – papai disse.

– Sou alcoólatra – Macalister disse. – Não bebo bebida alcoólica.

– Um só. Para abrir o apetite – papai disse, abrindo a garrafa de *loza* e servindo uma dose num copo pequeno. Colocou-o diante dele. – É remédio, faz bem pra você.

– Eu fico com ele – eu disse, agarrando o copo antes que a benevolência de Macalister evaporasse; eu estava precisando de uma bebida, de qualquer forma.

Minha mãe trouxe uma enorme travessa com carne defumada fatiada e queijo de cabra perfeitamente arrumados, palitos projetando-se como pequenos mastros de bandeiras, sem as bandeiras. Em seguida, ela voltou à cozinha para buscar mais duas travessas forradas de pedaços de torta de espinafre e torta de batatas, a crosta tão crocante a ponto de parecer, de forma positiva, uma carapaça.

– Nenhuma carne – mamãe disse. – Vegetação.

– Vegetariano – eu a corrigi.

– Nenhuma carne – ela disse.

– Obrigado – Macalister disse.

– Você come um pouco de carne – papai disse, engolindo uma fatia. – Não vai matar você.

Em seguida, veio uma cesta de pães aromáticos e uma tigela funda cheia até a borda de salada mista de verduras.

– Nossa! – Macalister exclamou.

– Não chega nem perto da coisa toda – eu disse. – Você vai ter que comer até explodir.

Na TV sem som, havia imagens de Bagdá – dois homens carregavam um corpo estraçalhado cujo rosto esmigalhado mais parecia um *steak tartare*, o traseiro raspando o calçamento. Soldados americanos metidos até as guelras em trajes à prova de bala apontavam seus rifles para uma porta caindo aos pedaços. Um general bronzeado, bem barbeado, declarava algo inaudível para nós. De sua cadeira, papai olhava de lado para a tela, ainda mastigando a carne. Ele virou-se para Macalister, apontou para seu peito e perguntou:

– Você gosta do Bush?

Macalister olhou para mim – o mesmo desgraçado sorriso divertido estampado no rosto – para ver se aquilo era uma piada. Sacudi a cabeça: valha-me Deus, não era. Eu não esperara que a visita de Macalister se transformasse tão rapidamente em um completo desastre.

– *Tata, nemoj* – eu disse. – *Pusti čovjeka.*

– Acho que Bush é um grande imbecil – Macalister disse, sem se deixar abalar. – Mas gosto dos Estados Unidos e gosto da democracia. As pessoas têm direito aos seus erros.

– Povo americano estúpido – papai disse, colocando outra fatia de carne na boca.

Macalister riu, pela primeira vez desde que o conheci. Inclinou a cabeça para o lado e soltou uma risada rouca, do fundo do peito. Envergonhado, olhei ao redor da sala, como se nunca a tivesse visto. Os suvenires de nossos anos na África: as estatuetas de ébano falso, os cestos de vime de cores berrantes, uma presa de elefantes esculpida, um cinzeiro de malaquita contendo um emaranhado de clipes de papel e dos pingentes de âmbar de mamãe; um trabalho de renda cujos delicados motivos haviam sido violados por manchas de café anteriores à guerra; o tapete com um rígido padrão de cavalos; todas essas coisas familiares que haviam sobrevivido à guerra e à mudança de país. Eu havia crescido naquele apartamento e agora tudo nele parecia velho, rústico e sofrido.

Papai continuou implacavelmente com seu interrogatório.

– Você ganhou prêmio Pulitzer?

– Sim, ganhei – Macalister disse. Eu o admirava por aturar tudo aquilo.

– Você escreveu livro bom – papai disse. – Trabalhou duro.

Macalister sorriu e abaixou os olhos para a mão. Ficou envergonhado, perfeitamente desprovido de vaidade. Ele esticou os dedos dos pés e depois os curvou ainda mais para dentro.

– *Tata, nemoj* – supliquei.

– Prêmio Pulitzer, grande prêmio – papai disse. – Você é rico?

De repente, entendi o que ele estava fazendo – ele costumava interrogar minhas namoradas desta forma para verificar se estavam à minha altura. Quando elas telefonavam ou passavam por lá, sem dar atenção aos meus avisos desesperados, ele as submetia a uma série brutal de perguntas. Que escola elas frequentavam? Onde os pais trabalhavam? Que notas tiravam? Quantas vezes por semana planejavam me ver? Eu tentei proibi-lo de fazer isso, avisei as namoradas, até as treinei no que deveriam dizer. Ele queria ter certeza de que eu estava tomando as decisões certas, que eu estava indo na direção certa.

– Não, não sou rico. De jeito nenhum – Macalister disse. – Mas consigo sobreviver.

– Por quê?

– *Tata!*

– Por que o quê?

– Por que não é rico?

Macalister deu outra risada benevolente, mas antes que pudesse responder, mamãe entrou carregando o prato final: uma palheta de carneiro assada e um monte de metades de batatas afogando-se em gordura.

– *Mama!* – gritei. – *Pa rek'o sam ti da je vegetarijanac.*

– *Nemoj da vičeš. On može krompira.*

– Tudo bem – Macalister disse, como se entendesse. – Comerei umas batatas.

Mamãe pegou o prato dele ainda vazio e colocou quatro batatas grandes, seguidas de alguns pedaços de torta e um pouco de salada e pão, até o prato ficar empilhado de comida, tudo embebido na gordura que viera com as batatas. Eu estava prestes a chorar; parecia que cobriam nosso hóspede de insultos; comecei até mesmo a lamentar as afrontas da noite anterior, ao menos aquelas de que podia me lembrar. Mas Macalister não se opôs, nem tentou fazê-la parar – sucumbiu a nós, a quem nós éramos.

— Obrigado, senhora — ele disse.
Servi outra dose de *loza* para mim mesmo, depois fui à cozinha para pegar uma cerveja.
— *Dosta si pio* — mamãe disse, mas eu a ignorei.
Meu pai cortou a carne, depois mergulhou as fatias grossas e suculentas na gordura, antes de depositá-las em nossos respectivos pratos.
— Carne é bom — ele disse para ninguém em particular.
Macalister educadamente esperou que todos os demais começassem a comer, depois começou a beliscar a pilha à sua frente. A comida no prato de papai estava perfeitamente organizada em unidades de sabor — a carne e as batatas de um lado, a salada mista do outro, a torta no topo. Ele começou a dar cabo de sua comida, bocado por bocado, sem emitir uma palavra, sem nunca descansar o garfo e a faca, olhando fixamente para seu prato, apenas uma vez ou outra erguendo os olhos para a TV. Comemos em silêncio, como se a refeição fosse uma tarefa a cumprir, cuidadosa e rapidamente.
Macalister segurava o garfo na mão direita, a faca não utilizada, mastigando devagar. Eu estava mortificado imaginando o que aquilo — aquela refeição, aquele apartamento, aquela família — parecia a ele, que conclusões tirava de nossa pequena e amontoada existência, de nossos pratos pouco refinados concebidos para pessoas sempre famintas, da perda que tremeluzia em tudo que fazíamos ou deixávamos de fazer. Com toda a quinquilharia africana e todas as fotos desbotadas e todos os remanescentes aleatórios de nossa reencarnação pré-guerra, aquela casa era o museu de nossas vidas e não era nenhum Louvre, posso assegurar. Eu temia seu julgamento, esperando condescendência na melhor das hipóteses, desprezo na pior. Eu estava pronto para

odiá-lo. Ele mastigou a parte que lhe cabia devagar, restaurando seu meio-sorriso benevolente depois de cada bocado.

Ele gostou do café, ele adorou o bolo de banana; ele engolia cada garfada com um pequeno gole de sua xicrinha; ele chegou mesmo a grunhir de prazer.

– Estou tão satisfeito que nunca mais vou poder comer outra vez – ele disse. – A senhora é uma excelente cozinheira. Muito obrigado.

– É comida boa, natural, nada de comida americana, nada de cheesebúrguer – mamãe disse.

– Eu farei pergunta – papai disse a ele. – Você deve dizer verdade.

– Não responda – eu disse. – Você não tem que responder.
– Macalister deve ter pensado que eu estava brincando, pois disse:

– Mande ver.

– Meu filho é escritor, você é escritor. Você é bom, você ganha Pulitzer.

Eu sabia exatamente o que estava a caminho.

– Diga-me, ele é bom? Seja objetivo – papai disse, pronunciando a palavra "obietivo".

– *Nemoj, tata* – supliquei, mas ele foi implacável. Mamãe olhava para Macalister com grande expectativa. Eu me servi de outra bebida.

– Leva algum tempo para se tornar um bom escritor – Macalister disse. – Acho que ele está no caminho certo.

– Ele sempre gostou de ler – mamãe disse.

– Para o resto, preguiçoso – papai disse. – Mas sempre leu livros.

– Quando ele era rapaz, sempre escrevia poesia. Às vezes, eu encontro seus poemas e choro – mamãe disse.
– Tenho certeza de que ele era talentoso – Macalister disse. Talvez Macalister tivesse de fato lido algo que eu escrevi. Talvez fosse porque eu estivesse bêbado, pois eu tentava conter as lágrimas.
– Você tem filhos? – mamãe perguntou a ele.
– Não – Macalister disse. – Na verdade, sim. Ele mora com a mãe no Havaí. Não sou um bom pai.
– Não é fácil – meu pai disse. – Sempre preocupado.
– Não – Macalister disse. – Eu nunca diria que é fácil.
Mamãe estendeu o braço do outro lado da mesa e segurou minha mão, levou-a aos lábios e beijou-a afetuosamente.
Nesse momento levantei-me e saí da sala.

Ele havia bebido a água de Baščaršija, mas não teve nenhum problema em esquecer Sarajevo. Nem sequer um cartão-postal ele nos mandou; quando saiu de nossas vidas, saiu para sempre. Durante algum tempo, toda vez que conversávamos ao telefone, meu pai me perguntava se eu havia falado com meu amigo Macalister, e eu nunca havia falado, quando então meu pai sugeria que seria bom para mim manter a amizade com ele. Invariavelmente, eu tinha que explicar que nunca tínhamos sido e nunca seríamos amigos. "Os americanos são frios", mamãe diagnosticou a desagradável situação.
Na verdade fui vê-lo, quando ele veio a Chicago para uma leitura na biblioteca. Sentei-me em uma fileira no fundo, longe do palco, bem além do alcance de sua vista. Ele usava as mesmas Birkenstocks e soquetes brancas, mas a camisa já não era havaiana. Era de flanela agora, e havia manchas grisalhas em

seus cabelos Bakelite. O tempo só faz lhe deixar coisas mais velhas e desgastadas.

Ele fez uma leitura de *Nada que se possa dizer*, uma passagem em que Cupper surtou em um shopping, arrancou um telefone público da parede e em seguida surrou o segurança com o aparelho para além do estado de inconsciência, até se ver cercado por policiais com armas apontadas para ele:

Os olhos selvagens do outro lado das armas engatilhadas fitavam Cupper ferozmente. Sua mão parou no ar, acima do guarda de segurança, o fone coberto de sangue pronto para rachar o rosto do sujeito ao meio. O segurança gemeu e gorgolejou algumas bolhas cor-de-rosa para fora. Os tiras gritavam para ele, mas Cupper não conseguia ouvir nada – eles abriam e fechavam a boca como peixes moribundos. Ele percebeu que estavam doidos para atirar nele e foi o zelo deles que o fez querer viver. Queria que eles continuassem a ser incomodados com a sua existência. Empertigou-se, largou o fone, pressionou as mãos na nuca. O primeiro chute o fez rolar para o lado. O segundo quebrou suas costelas. O terceiro o fez gemer de prazer. Conseguira fazê-los odiá-lo.

Macalister abaixou a voz para torná-la mais rouca e grave; continuou abaixando-a conforme a violência aumentava. Alguém arfou; a mulher ao meu lado inclinou-se para a frente e colocou a mão cheia de joias contra a boca em um gesto delicado de horror. Obviamente, eu não entrei na fila para que ele autografasse meu livro; eu não tinha *Nada que se possa dizer* comigo. Mas observei-o enquanto ele erguia os olhos para seus leitores fascinados, pressionando seus livros contra o peito, como uma criança reencontrada, inclinando-se por cima da mesa para poder ficar mais perto dele. Ele exibia um sorriso constante, firme, para eles – nada que dissessem ou fizessem poderia abalá-lo. Eu estava convencido de que eu havia recuado a uma irrelevância terrena para ele; eu não tinha acesso aos domínios da espiritualidade budista em que ele atuava com seu frio desinteresse metafísico.

Mas eu acompanhava seu trabalho avidamente; pode-se dizer que me tornei um aficionado. Li e reli *Nada que se possa dizer* e todos os seus livros anteriores; em sua página na internet, me inscrevi para receber notícias atualizadas de suas leituras e publicações; eu colecionava revistas que publicavam entrevistas com ele. Eu sentia que possuía um conhecimento íntimo dele e queria saber como ele transformava o que eu sabia em palavras. Eu esperava detectar vestígios sobre nós em sua obra, como se isso fosse confirmar nossa presença passageira no mundo, mais ou menos como a existência de fenômenos subatômicos é provada pela presença efêmera de hipotéticas partículas.

Finalmente, há pouco tempo, seu romance mais recente, *As nobres verdades do sofrimento,* foi lançado. Desde a primeira página, gostei de Tiny Walker, o protagonista típico de Macalister: um ex-fuzileiro naval que teria sido um herói da batalha de Fallujah, se não tivesse sido desonrosamente expulso por não corroborar a história oficial do estupro e assassinato de uma menina iraquiana de doze anos e toda a sua família, *uma infeliz ocorrência de erro de comunicação com civis locais.* Tiny retorna para casa, em Chicago (Chicago, imagine!), e passa o tempo revisitando seus velhos fantasmas em North Side, tentando em vão beber até entrar em estado de *estupor, por pura torpeza.* Ele nada tem a dizer às pessoas que conhecia, ele quebra copos de bebida contra suas testas abjetas. *A cidade latia para ele e ele rosnava em resposta.* Enlouquecido, ele tem uma visão de uma invasão de cobras e ateia fogo ao seu estúdio e a tudo que possui dentro dele, o que não é muito. Um flashback que se transforma em um pesadelo sugere que foi ele quem cortou a garganta da menina. Lamia Hassan era seu nome. Ela fala com ele em um inglês de sotaque carregado, ininteligível.

    Ele acorda em um ônibus para Janesville, Wisconsin. Somente ao chegar é que percebe que está lá para visitar a família do sargento Briggs, um filho da mãe psicopata que teve a ideia de estuprar Lamia. Ele encontra a casa, bate na porta, mas não há ninguém, somente a TV com um programa infantil: *Silenciosamente, de frente para o desenho de um sol na parede, as crianças cantavam.* Tiny anda tropegamente até um bar próximo e bebe com habitantes do local, que lhe pagam bebidas como expressão de apoio aos nossos homens e mulheres de uniforme. Ele lhes conta que o sargento Briggs, *um herói americano genuíno*, era um dos seus melhores companheiros no Iraque. Também lhes conta sobre Declan, que era como um irmão para ele. Declan foi abatido por um franco-atirador e Briggs o arrastou para casa debaixo de fogo, levou um tiro no joelho. No bar, a bebida continua vindo, pois todos estão orgulhosos de seu garoto Briggs. Querem ouvir mais sobre como é lá fora e Tiny lhes diz para não acreditar nos jornais, nem nos desgraçados que dizem que estamos perdendo a guerra. "Estamos abrindo novos buracos na bunda do mundo", ele diz. "Estamos escancarando o mundo."

    Do lado de fora, a neve se acumula. Tiny rouba uma picape estacionada do lado de fora da espelunca e vai à casa do sargento Briggs. Desta vez, ele não bate na porta. Dá a volta para os fundos, onde se exibe – seu pau latejando, duro e vermelho – para uma menina que rola uma grande bola de neve. A menina sorri e olha para ele calmamente, *sem se perturbar com sua presença, como se flutuasse em seu próprio aquário.* Ele fecha o zíper das calças e volta para a caminhonete, pisando cuidadosamente em suas próprias pegadas.

Na picape roubada, ele ruma mais para o norte, para a Upper Peninsula. Declan viera de Iron Mountain. Declan estava morto, na verdade, mas Tiny conversa com ele enquanto dirige através de uma nevasca. Declan enlouqueceu após a *infeliz ocorrência*. Briggs forçou-o a ficar em cima da garota, provocou-o quando ele não conseguiu penetrá-la. Tiny cuidou dele depois, porque Declan estava pronto a se suicidar. Depois, ele deliberadamente entrou numa emboscada, atirando da altura dos quadris. Briggs arrastou um cadáver para casa.

No meio de uma ofuscante tempestade de neve, uma maldita parede, três metros de altura, surge diante de Tiny. Ele freia antes de atingi-la. Sai da picape e atravessa a parede, como um fantasma. Ele chega a Iron Mountain no meio da noite. Acorda quase congelado em um amplo estacionamento. *Para onde quer que olhasse, não havia nada além de um branco imaculado.* Suas roupas estão encharcadas de sangue, embora ele não tenha cortes ou ferimentos no corpo. Ele esfrega as manchas com neve, mas o sangue já coagulou.

Ele encontra a casa dos pais de Declan. Antes de tocar a campainha, vê que na caçamba de sua picape há um gigantesco cervo com uma galhada intricada, o lado do corpo dilacerado. Tiny pode ver as entranhas do animal, pálido e completamente morto. *Os olhos do cervo estão abertos, vidrados, grandes como pesos de papel.*

Os pais de Declan sabem quem é Tiny, Declan falou dele. Estão velhos e cansados, marcados por uma profunda dor. Querem que Tiny fique para jantar. A mãe de Declan lhe dá uma velha camisa de seu filho, grande demais para ele. Ela não a lavou desde que Declan partiu. Tiny troca de roupa em um quarto no andar superior que cheira doentiamente a Air Wick de maçã e madressilva. Nas paredes, fotos desbotadas de paisagens africanas: uma manada de elefantes passeando em direção ao pôr do sol; uma pequena piroga com a silhueta de um remador em um vasto rio.

Mas foi somente quando se sentaram para comer que eu reconheci a mãe e o pai de Declan como meus pais. O velho pai faz perguntas incessantes sobre o Iraque e a guerra, não para de servir uísque no copo de Tiny apesar das objeções da mãe. Mamãe não para de trazer as mesmas comidas – carne e batatas e, em vez de tortas de espinafre e de batata, tortas de maçã e ruibarbo. Ela insiste para que Tiny beba água, pois ela pode ver que ele já está bêbado demais. Papai separa sua comida no prato. Não há absolutamente nenhuma dúvida – tudo lembra meus pais, o modo como falavam, o modo como comiam, o modo como a mãe de Declan agarra a mão de Tiny e a beija, *pressionando os lábios no fantasma da mão de Declan.* Tiny de repente começa a comer vorazmente, e come sem parar. Ele acaba lhes contando sobre a *infeliz ocorrência de erro de comunicação com os civis locais,* mas deixa Declan fora disso. Ele culpa a si mesmo, conta-lhes os sangrentos detalhes do estupro – *o gemido gutural de Lamia, a agitação de seus bracinhos magros, o sangue esvaindo-se de dentro dela* – e o velho homem o ouve sem pestanejar, enquanto mamãe sai para buscar café na cozinha. Eles não parecem ficar transtornados, como se não ouvissem nada do que ele dizia. Por um instante, ele acha que talvez não esteja falando. Que tudo se passa em sua cabeça, mas depois percebe que não há nada dentro deles, *nada a não ser a dor da perda.* Não têm nada a ver com os filhos de outras pessoas, *pois não havia nenhum horror no mundo fora a eterna ausência de Declan.* Mamãe corta uma fatia de cada torta, as crostas se esfarelando, e coloca as fatias em um prato limpo. Tiny soluça.

— *Deixe-me lhe fazer uma pergunta — diz o velho homem. — Você deve me dizer a verdade.*

Tiny assentiu.

— *Meu filho era um soldado. Você é um soldado.*

Tiny sabia exatamente o que estava a caminho. Que viesse, agora ele estava pronto.

— *Diga-me, ele era um bom homem, um bom soldado?* — O pai de Declan lançou-se para a frente e tocou no ombro de Tiny. Sua mão estava fria. Lá fora, a neve caía devagar. Cada floco flutuava pacientemente para baixo, deslizando por uma obscura corda de seda.

— *Leva algum tempo para se tornar um bom soldado* — Tiny disse. — *Declan era bom. Ele era um bom homem.*

Este livro foi impresso na Editora JPA Ltda.
Av. Brasil, 10.600 – Rio de Janeiro – RJ,
para a Editora Rocco Ltda.